雨天的情绪

宋家伟 / 编著

时代出版传媒股份有限公司
安徽文艺出版社

图书在版编目（CIP）数据

雨天的情绪 / 宋家伟编著. -- 合肥：安徽文艺出版社，2025.7. -- ISBN 978-7-5396-8344-7

Ⅰ. I227；I207.22

中国国家版本馆CIP数据核字第20254S29H2号

出 版 人：姚　巍
责任编辑：周　丽　　　　　　　装帧设计：徐　睿

出版发行：安徽文艺出版社　www.awpub.com
地　　址：合肥市翡翠路1118号　邮政编码：230071
营 销 部：(0551)63533889
印　　制：保定市正大印刷有限公司 (0312)2209511

开本：880×1230　1/32　印张：6.25　字数：100千字
版次：2025年7月第1版
印次：2025年7月第1次印刷
定价：49.00元

（如发现印装质量问题，影响阅读，请与出版社联系调换）

版权所有，侵权必究

目 录
Contents

1 绿叶

2 绿叶的信念和情怀
　　——读宋家伟的诗《绿叶》/一尘

5 清明节

6 诗意背后蕴含的生命哲思
　　——读宋家伟的诗《清明节》/王相华

10 秋

11 以诗融心,抒发自然与生活之妙境
　　——评宋家伟的诗歌《秋》/王相华

15 树叶

16 树叶:四季的深刻记忆
　　——评宋家伟的诗《树叶》/王世明

19 望星空

20 从怅惘迷茫中寻找、发现自己
　　——评宋家伟的诗《望星空》/王瑞

24 我站立在海边
　　——写给 W 君

25 心怀山海，涤荡无处不在的忧伤
　　——有感于宋家伟的短诗《我站立在海边——写给W君》/王从清

28 雨天的情绪

30 雨中心灵独白
　　——读宋家伟的诗《雨天的情绪》/王长征

33 夜色已降临

35 精密夜色中的自然与生命之歌
　　——读宋家伟的诗《夜色已降临》/王长征

38 移动

39 探索时间、存在与静止的哲学沉思
　　——读宋家伟的诗《移动》/中岛

42 星夜

43 仰观宇宙的奥秘
　　——评宋家伟的诗《星夜》/司念

47 蒲公英

48 蒲公英：生命的轻盈与希望的高飞
　　——读宋家伟的诗《蒲公英》/云沐蝶

52 海难

53 谁又不是"海难"后的凝望者
　　——读宋家伟的诗《海难》/李金龙

56 宁静

57 自然、心境与雅歌
　　——读宋家伟的诗《宁静》/刘亚武

60 渡口

62 源于生活细节的诗
　　——读宋家伟的诗《渡口》/陈啊妮

65 风雨之行

66 对"风雨之行"进行自我特色的诠释
　　——读宋家伟的诗《风雨之行》/陈啊妮

69 无端的愁

70 诗人情感变化的深度剖析
　　——读宋家伟的诗《无端的愁》/张况

73 第五季节

74 浪漫的第五季节
　　——读宋家伟的诗《第五季节》/张栓固

77 鸽子

79 探索与归宿的无量之爱
　　——宋家伟诗歌《鸽子》的象征意义与思考/张耀月

85 鸟已归林

86 禅之一味：读《鸟已归林》
　　——读宋家伟的诗《鸟已归林》/张文霞

90 奔跑

91 追寻爱与自由
　　——评宋家伟短诗《奔跑》/沈璐

95 晨露

96 月与露的诗意解读
　　——读宋家伟的诗《晨露》/沈璐

99 春

100 春：生命与希望
　　——评宋家伟短诗《春》/沈璐容

103 春天

105 释放情怀，春日逐梦
　　——评宋家伟的诗《春天》/沈璐容

108 春天的雨

109 春雨：生命的赞歌
　　——评宋家伟的诗《春天的雨》/沈璐容

112 老树

114 一树一世界，一悟一境界
　　——有感于宋家伟老师的诗歌《老树》/花瓣雨

117 旅游

119 每一片起舞的叶子都是时光的驿站
　　——宋家伟的诗《旅游》赏析/别具二格

123 常青藤

125 藤蔓间的生命礼赞与岁月沉思
　　——读宋家伟的诗《常青藤》/周丽

129 海浪

130 永恒追逐中的生命启示
　　——读宋家伟的诗《海浪》/周丽

133 区别

134 二元对立的生活体验
　　——读宋家伟的诗《区别》/周德龙

138 树和小鸟

139 时间缝隙里储存的哲思
　　——读宋家伟的诗《树和小鸟》/周德龙

143 大湖

144 情感波动中的艺术沉思
　　——读宋家伟的诗《大湖》/房兆玲

148 日子

149 诗意里的人间烟火
　　——读宋家伟的诗歌《日子》/罗占艳

153 寂静

154 在静谧中寻觅生命的回响
　　——读宋家伟的诗《寂静》/翁德云

158 露珠

159 打破思维固性，反其道而行，于反差中达成诗意
　　——浅析宋家伟诗歌《露珠》/高月翠

163 星空

164 短诗的情感表述的内涵和外延
　　——评宋家伟的诗《星空》/素心

168 我以为……

169 对爱情本质与心理变迁的探索
　　——宋家伟的诗《我以为……》赏读/黄长江

172 接受了你

174 跨越四季的心灵交响
　　——宋家伟的诗《接受了你》之深情解读/黄宇辽

178 五月悲歌

179 短诗抒情下的大视野
　　——评宋家伟短诗《五月悲歌》/彭流萍

183 忧郁

185 现代都市人的内心独白与情感挣扎
　　——读宋家伟的诗《忧郁》/傅志宏

188 片片黄叶

190 诗写自然
　　——读宋家伟的诗《片片黄叶》/黎落

绿叶

文/宋家伟

绿叶　在风中

挥舞的并不是欢乐

因为绿叶

惦记着遥远的沙漠

绿叶的信念和情怀

——读宋家伟的诗《绿叶》

文/一尘

《绿叶》这首诗，篇幅短小精练，语言朴素，感情真挚。诗人仅仅用了四行二十五个字，就将一片不起眼的绿叶的信念和情怀描述得淋漓尽致。

"绿叶 在风中/挥舞的并不是欢乐"，那种深切的忧患意识，让它身在舒适圈里却不躺平，仍然惦记那遥远的沙漠。绿叶是渺小的，亦是伟大的，它的一生都在默默奉献着自己，甚至有点固执地制造着不被珍惜的清新。绿叶是无私的、专一的，并竭尽全力地要为茫茫的沙漠呈现出生生不息的快乐！

惦记沙漠，体现出绿叶对生命的渴望和对环境的深刻理解，表达了一种让荒漠变绿洲的向往和追求。绿叶是一种生命的象征,在沙漠这样的极端环境中,生命的存在本身就是一种奇迹。绿叶通过其存在,向沙漠传递着生命的希望和力量,通过自己的生长和繁衍,向沙漠证明生命的坚韧和不屈。惦记沙漠,不仅仅是对一个地方的念想,更是绿叶对沙漠的一种回应,也是生命对挑战的一种态度。这体现了对环境的适应和保护,体现了生命对挑战的勇敢面对和积极应对,体现了绿叶对沙漠生态的重要性和对生命的珍视。

在这首诗中,我仿佛看到,沙漠上那一点绿从紧绷着的树皮中钻出来,隆起一个绿色的小叶苞。因为这一点绿,会染绿一棵树,一排树,一片树林……沙漠上的生命逐渐复苏,这些苏醒的生命,展示着顽强的生命力,带给我们生活的希望和勇气。这就是绿叶的信念和情怀,这就是绿叶的快乐和抉择!

绿叶,不奢求别人对它歌功颂德,不奢望得到无限的荣耀,它希望的是春色满园,桃李天下。此时，它才会感到由衷的充实和欣慰，这就是绿叶的快乐源泉。

叶落知秋，使命使然。绿叶也会甘愿脱去美丽的霓裳，无声无息地随萧瑟的秋风飘零。它们慷慨地被埋在地下，只为迎接的更加绚丽多彩的春天。绿叶的一生默默无闻，那种无私的精神和崇高的品格，只为追逐荒漠变绿洲的幸福和快乐。

综上所述，《绿叶》这首诗，深刻剖析了绿叶对生命的坚持和对环境保护的坚持。这种惦记，是生命对挑战的一种回应，也是生命力量的一种展现。作者通过一片渺小而平凡的绿叶，向社会发出呼吁，希望全社会都来共同保护生态，保护环境，因为社会需要更多的绿叶。

在人类历史长河中，沙漠吞噬了多少条生命，只因那里没有绿色！直到今天，绿色进军沙漠的梦想正在逐步成为现实。沙漠需要更多的绿叶降临，哺育绿树，用绿色点缀沙漠，告别生命的荒漠。

清明节

文/宋家伟

清明节

一朵朵鲜花

飘落在

长眠者的门前

墓前

还洒满泪水一片

诗意背后蕴含的生命哲思

——读宋家伟的诗《清明节》

文/王相华（《新诗高地》杂志社社长）

清明节是中华民族传统节日，自古以来，许多文人墨客围绕它写下了不少脍炙人口的佳作，以诗的形式寄托着对亲人的思念，整个节日都充满了伤感的氛围，每一场雨都衔接着冥阳两界的思念。我们比较熟知的有唐朝杜牧的《清明》："清明时节雨纷纷，路上行人欲断魂。"读罢悲从心生，因为这种对传统节日的渲染，都会因失去亲人的经历感同身受，由此，以诗融入内心，代入情感思考，也是清明节对于所有人的意义。

读完宋家伟的《清明节》，我的直观感受是诗人从节日的自我悲观的情绪中剥离出来，站在更高的维度去看待生死，就像把生命的聚散离合透过理性与智慧，当作人生的必然，这是成熟的诗人面对无常的豁达心境，是在经历生命起伏跌宕之后的另一种担当，也是在诗性转换与提炼中的智性表达。一般诗人的写作基于当下环境的影响，主张以个体融入的诗意现场，一些低沉的元素和文字气息充斥其中，也就造成了文本结构上的平庸与雷同。而宋家伟的这首诗，完全抛开原始的框架，重新找到了更新的通感捷径，平静的语言暗合道妙，在继承传统的基础上有着自己独特的洞察视角，可谓静中求动、以小博大，以这种艺术的表现形式来描绘清明节时的情景是难能可贵的。

我们赖以生存的世界，并非我们独立的生存空间，世界的构成分为阳间与阴间、有形与无形，凡事都有阴阳，乃至多面呈现的生命层次，才让我们多元文化的分支更加丰富多彩。显然，诗人创作这首诗之前，或者在整个生命的划分与取舍上，都具备了这种人生观念。短短几行诗共分成两节，前面一节是主体,所有的阳间都在清明节将一朵朵鲜花供奉于长眠者门前。这里表达的是对逝者的尊重,像《弟子规》上讲的"事死者,如事生",就像亲人在世时一样。诗人以客观的描写,将冥阳两界的情感不断内化与提升,在艺术的表现上是自然中自然相,整个过渡极其平稳却又彰显出内在的波涛汹涌,这就是诗人在语言驾驭的功夫和情感体验中的理性对应,哀而不伤,让一场雨替自己诉说无尽的思念之情。后一节的收笔,也印证了诗人具象描写过程所具有的语言特性,泪水和雨水浇灌飘落的鲜花,让死者安歇,让美好的夙愿得以实现。

整首诗布局合理,逻辑性强,语言简洁生动又充满生命的哲思,每一句都蕴含着人生的大智慧。对于新诗的创作,高度的凝练与智慧浓缩,延展出生活的悲喜交集,如同一幅画的铺展,越是简短与留白,空间的张力越是无限。我们从宋家伟《清明节》里进行自我观照与个体生活经验的无形感通,是这首诗带给整个时代的共同价值,也是给处在迷茫生活中的人的一种心灵慰藉。

秋

文/宋家伟

走近远郊的池塘

树梢落下倦怠的夕阳

秋的色彩越来越深

风起,把忧郁

吹向无边的芦荡

以诗融心,抒发自然与生活之妙境

——评宋家伟的诗歌《秋》

文/王相华(《新诗高地》杂志社社长)

读了宋家伟的诗《秋》,我自然想到孔子在《论语》中"知者乐水,仁者乐山"的境界,也会想到陶渊明《归去来兮辞》中与田园为伴的惬意和悠远。由此,一首诗的内涵与思想的重叠,与之有着异曲同工之妙。人到中年,经历过世事沧桑、人情淡薄之后的理性回归,也是一种智慧的选择。自解内心的缠缚,与万物对语,或良田三分,一斛一咏,足以愉悦其中,抛开无常尘世的喧嚣而每日游离于山水之间,这是何等的洒脱!

诗人在首句切入的画面迎合了古人的意象,远离烟火,重新梳理生命的沉浮,悲喜相间的情感历程。这里的秋，也是象征生命的秋天，即是中年后面对的人性思考，对万事万物思维的方式都会随着时间的推移产生相应的变化，以外境折射出内心的光亮，寻找心灵的归属。诗中的隐喻并非脱离具象的生活实体，"远郊"也不是与世隔离，而是在寂静的池塘边寻求生命的答案，抬头看天空的云卷云舒，低头看水面被风卷起的涟漪，在诗性微妙的衔接中与自己和解，以及与万物相融之后的恍然大悟。接下来的诗意由寻找转到夕阳的景色，秋天、黄昏、池塘，相互交融成唯美的画卷，但对于无数轮转中的夕阳有着疑问，它是否也会像我们一样感到疲倦？显然，此种意象的表达暗合了诗人本身的生活经历所叠加的心灵叩问，在看似矛盾的心理变化中进行自我调节。由此，诗意的通感与个人的感悟形成人与物象间的观照，语言的体性和主观意识的对接，让诗句的铺设具有更高的艺术质感和精神依托。

从第三句开始，诗人进入对秋的渲染和直面解读，安静的时间或许更能呈现出对过往的思绪的沉重。"秋的色彩越来越深",时光从来不会因为某个人停留,那些不断加重的色彩更像是日积月累的繁杂和忧郁的情结,积压在心头挥之不去。我们从中可以看到诗人的平静,也能从文本中感受到在剥离世俗过程中的挣扎或无奈的悲悯。而诗歌是对抗现实的良药,也正是因为诗人具有以诗性与现实对峙的勇气,努力摆脱精神的困境,敢于抽丝剥茧去面对,有迎难而上的无穷信念,才能借助外在的秋风一层层吹去尘埃,见证自己的真我本性。

但在这样的过程中,只有诗人自己有深刻的体悟,所谓"如人饮水,冷暖自知",我们无法了悟具体真相,却能从诗人作品中寻找平素生活里与之对应的相同经验,这也是诗歌为读者搭建的桥梁,每个细节与情感,被挖掘出生活更多的细节。结句诗人收拢全诗,把极为普通的风景描写得具有灵性和诗意,让我们在品读中被摄受,也被感染。

整首诗的走向与切入点符合主题的要素,内蕴外延,在细节刻画上有自己独特的感知力。诗人具备深厚的驾驭文字功底,透过语言的渗透和对诗意的干预,以心融景,在简洁的意象背后彰显出深厚的人文品质与高尚的精神内涵,抒发生活智慧的妙用无穷。

树叶

文/宋家伟

树叶
用丰富的色彩
书写　四季的
深刻记忆

树叶：四季的深刻记忆

——评宋家伟的诗《树叶》

文/王世明（《商业文化》杂志主编）

这首诗以"树叶"为主题，语言简练而富有深意，描绘出树叶在四季更迭中的变化，进而映射出时间的流转与生命的哲理。诗中的"树叶"不仅是自然界中的一个具体景物，更是一个象征。它象征着时间的流逝、生命的轮回以及人生的经历。通过树叶在四季中的变化，诗人巧妙地隐喻了人生的起伏、盛衰与更迭。

虽然诗中并未直接列举出具体的色彩，但"丰富的色彩"这一描述，无疑让人联想到树叶在春之嫩绿、夏之浓绿、秋之金黄、冬之萧瑟中的变化。这种色彩的转换，不仅丰富了诗歌的视觉效果，也增强了其表现力。诗人通过"四季"这一时间框架，将树叶的生长、繁茂、凋零与重生巧妙地串联起来，形成了一种循环往复的韵律。树叶在四季中的变化，蕴含了生命从诞生、成长到衰老、死亡的循环过程。这种轮回不仅体现在树叶本身，也寓意了人生的起伏与变迁。诗人通过树叶这一具象，传达了对生命本质的深刻理解。四季的更迭，同时也是时间的流逝。诗人描绘树叶变化的同时，也在感叹时间的无情与宝贵。每一片树叶的凋零，都是时间留下的一个印记。树叶作为自然界的一部分，其生长与凋零都遵循着自然的规律。诗人通过描绘树叶的变化，表达了对自然力量的敬畏，以及对自然界美丽与和谐的赞美。

整首诗短短四行，语言简练而富有深意，没有过多的修饰与赘余，却能够准确地传达出诗人的情感与思想。这种简练的语言风格，使得诗歌更加易于理解，也更加深入人心。诗人通过巧妙的断句与停顿，使得诗歌在朗读时产生了一种自然的韵律。

诗中的留白部分,如"书写　四季的/深刻记忆",并没有直接描述树叶如何书写记忆,而是留给读者无限的想象空间。这种留白不仅使得诗歌更加含蓄与深邃,也引发了读者对生命、时间与自然的联想与思考。留白使诗歌具有更强的开放性,不同的读者可以根据自己的经历与感受,对诗歌进行不同的解读。这种开放性不仅丰富了诗歌的内涵,也使其更加易于引起共鸣。

望星空

文/宋家伟

一声轻微的叹息

吹散满天的星

忽视了月亮的存在

因为云雾

吸纳了它的热情

我在星空中寻找自己

泪水沾满衣襟

那颗星

离月亮最近

从怅惘迷茫中寻找、发现自己

——评宋家伟的诗《望星空》

文/王瑞（中国通俗文艺研究会理事）

古往今来，有多少诗人在月色如水的夜晚仰望星空，抒发远大的理想与抱负，心中拥有一轮皎洁的圆月、一个色彩斑斓的星河之梦；又有多少诗人徘徊在人生的低谷，仰望星空，倾诉着心中的惆怅与迷茫、失意与痛苦。浩瀚的星空总将它博大的胸襟向人们彻底敞开，深情地俯视，倾听着人世间的悲欢离合。灿烂的星空令多少人神思遐想？云儿遮月的时候，星空也随之变得暗淡无光，散落的星子总是在向困守在红尘情世的人们眨着不解的眼睛。人生失意无南北，仰望星空总茫然。

宋家伟先生的这首《望星空》用极其简省的文

字为我们勾勒出一幅月色凄迷的画面："一声轻微的叹息/吹散满天的星"。其内涵特别丰富，既写出诗人在满天星斗下，回忆星空璀璨的美好过往，也写出目前艰难的处境，仿佛过去一切的幸福、美好都在一声轻叹中被无情地吹去。今夜，诗人一定仰望了星空很久，痛苦挣扎了很久，也苦苦思索了很久，直站得满天星星一颗颗困了，累了，悄然散去。诗人的这声轻叹压抑得太久了，一经呼出便能吹散满天星星，足见他内心有多痛苦，但他一直隐忍着，到夜深人静时才轻轻呼出，化作一声叹息。这首诗或许是诗人在爱情和家庭生活中遇到某种特殊矛盾时所作。或许是在政治上受到的某种重大挫折给诗人带来精神上的打击与伤害，造成深深的痛苦，却又令他难以启齿，只能在星空下久久徘徊，把心事诉诸星空，从这里得到些许慰藉。此时，诗人完全"忽视了月亮的存在/因为云雾/吸纳了它的热情"。人在痛苦、忧愁、思念的时候，往往把这些情绪一味地放大，抽刀断水水更流，对周围的事物毫无兴趣，仿佛失去了一切，只剩下心中的纠结，就连最耀眼的月亮也视而不见，因为眼前的云雾、心中的迷茫，吸纳了它的热情。也就是说，诗人在生活的打击面前，心中奔放的热情被突然泼来的凉水暂时浇灭了，一时失去自我。然而，诗人对未来仍不放弃，充满信心，苦苦思索一番之后，开始从星空中寻找那颗属于自己的星。"我在星空中寻找自己／泪水沾满衣襟／那颗星／离月亮最近。"

向过去挥手告别，向未来追梦前行，向星空寻找自己，该是怎样艰难痛苦的抉择与跋涉？诗人痛下决心，决堤的情感化为一把把滚烫的热泪，沾湿衣襟。这眼泪是痛苦也是幸福，诗人正走出不幸的阴影阔步前行，去寻回青春勃发、昂扬奋进的自己。他很快幸福地发现，"那颗星／离月亮最近"。是啊！月亮是诗人心中感情的寄托，也是希望与理想的化身。他告诉人们，自己即将实现人生梦想。此时，诗人内心的喜悦是难以掩饰的。

这首诗语言简洁生动，没用什么修辞，通过白描手法，为我们勾勒出一幅迷人的《星空》，带给我们深深的思考：一个人无论遇到什么情况，都应该像诗中所表达的那样，"在星空中寻找自己"，你定会发现希望就在不远处等你。

我站立在海边

——写给 W 君

文/宋家伟

汪洋大海中飞起一群海鸥

宁静的海面万舸争流

您听见岩石在吟唱吗

好美的海浪已洗去无数忧愁

心怀山海，涤荡无处不在的忧伤

——有感于宋家伟的短诗《我站立在海边——写给 W 君》

文/王从清（中国通俗文艺研究会诗歌委员会副秘书长）

《我站立在海边——写给 W 君》这首诗以海边为背景，通过描绘海鸥飞翔、海面万舸争流的生动场景，营造了一种宁静而又充满生机的氛围。诗人巧妙地运用"岩石在吟唱"和"海浪已洗去无数忧愁"的意象，赋予自然景物以情感，展现了诗人对大自然的热爱和对 W 君的深情厚谊。整首诗意境优美，语言流畅，是一首值得回味的佳作。

本诗只有短短的四句，但是读来让人思绪万千，正所谓"纸短情长"。然读罢心中也不免画了个问号：这个站在作者身后的 W 君，究竟何许人也？为何在作者的心目中占据这么重要的位置？

诗的画面感很强，就像一幅美丽的画卷，铺排开来，呈现在读者面前。

作者先从远处着笔，一个人站在辽阔的大海边，面朝大海，平静的海面"万舸争流"，竞相驶向遥远的海的深处。这时晴空万里，蓝天白云相映成趣，一群海鸥在蓝色的大海上翱翔，有动有静，动的海鸥、船、白云，静的作者、平静的海、蓝天。多么动人的一幅画面。

然而面对这样的场景，作者在第三句笔锋一转，看似突兀，其实很自然，前两句的场景映射在作者眼前，触动了他内心深处的一些人和事，W君的出现也就合情合理了。

此时作者就近处着笔，以问句的形式引起读者的联想：您听见岩石在吟唱吗？那么多的船驶向远方，唯留下脚下的岩石被海浪敲打着，翻卷着，发出阵阵声响，如在吟唱。

可以这样推想，也许作者和W君以前某个时候来过这里，也许当时呈现在他们面前的也是类似的场景，触动了作者心中思念的琴弦、友情的琴弦，而一发不可收，诗句喷涌而出。结尾尤其精彩，这么美的海浪，这么悦耳的声音已经洗去了我们无尽的忧伤。

美国诗人惠特曼在《草叶集》里也写过这样的诗：我与大海之间／似乎有着某种默契／它的波动和潮汐／都在我的灵魂深处留下痕迹。

而本首诗和惠特曼的这几句诗有着异曲同工之美，都是由大海触动他们的灵魂，涌出这样美妙的诗句。

当然，这首诗的积极意义还在于：它不是宣扬苏轼笔下"小舟从此逝，江海寄余生"那样的避世躺平，而是鼓励人们勇于面对生活的压力，面对人生的种种不如意，要像"万舸争流"，永不放弃对美好未来的追求，奔着目标勇往直前，心中永远汇聚着一股不屈的海浪，涤荡无处不在的忧伤。

雨天的情绪

文/宋家伟

下雨了

雨点密集

滴滴落到了我的心底

我的心情很沉闷

似乎对所有的事情

都失去了激情和兴趣

下雨了

天色灰暗

飞鸟在空中哭泣

我的情绪很低落

似乎对所有的声音

都产生了忧伤和悲凄

下雨了,风吹草动

雨点在窗前不停地敲击

我的思绪很零乱

似乎所有的雨点

都带来了消沉和低迷

雨中心灵独白

——读宋家伟的诗《雨天的情绪》

文/王长征（《中国汉诗》主编）

《雨天的情绪》是诗人深入描写内心情感起伏变化的代表作。这首诗以雨天为背景，借助下雨这一常见的自然景象，将心中情绪与外部环境融为一体，以真挚的情感、生动的意象、简洁的语言与紧凑的结构，成功地抒发雨天诗人内心的沉闷、情绪的低落、绵绵的忧愁和无尽的思念感伤。

这首诗充满丰富的意象与象征，通过细腻的笔触将个人情绪变化展现得淋漓尽致，含蓄表达了深沉的思想感情。它通过密集的雨点、灰暗的天色、哭泣的飞鸟等自然景象，间接地映射出诗人的情感状态。雨点作为贯穿全诗的核心意象，不仅代表雨天的自然现象，更象征着诗人情感的波动。密集的雨点如同诗人内心积压的沉闷与忧伤，滴滴落到心底，让人感受到难以言说的压抑与惆怅。天色灰暗、飞鸟哭泣等进一步强化诗歌的忧愁氛围，使全诗的情感表达更加鲜明。

这首诗意象丰富生动，运用各种意象与象征手法，使全诗充满画面感和意境美。同时语言简洁生动，运用大量的比喻与拟人的修辞手法，全诗一咏三叹，层层递进，情绪随之高涨。"雨点密集/滴滴落到了我的心底"，通过比喻将雨点与诗人的内心情感紧密相连，让情感更加真实而饱满。在结构上，诗歌采用重复的句式与段落，通过不断强调雨天的特点与诗人的情感状态，让全诗的节奏感与情感层次更加鲜明。

《雨天的情绪》不仅是一首描绘个人情感的诗，更是一首能够使读者产生共鸣的优秀作品。它揭示了人们在面对自然景物时，内心情感往往会产生微妙变化。下雨作为常见的自然现象，能够触发人们内心深处的情感共鸣。在忙碌的生活中，不妨放慢脚步，用心去感受自然的美好与变化，从而丰富个人的内心世界。

雨中寄情情更切。诗人把自己的情感融入雨中，每一滴流下来的都是忧愁，都是感伤，都是发自心底的声音。

一切景语皆情语。诗人内心苦闷、压抑、感伤，但他没有歇斯底里地呐喊，也没有泪流满面地倾吐，而是让密密的细雨、朦朦胧胧的烟雨来抒发自己此刻的心情。寄情于景，情景交融。此刻，眼前无边的细雨，既是一幅烟云迷蒙的人间美景，又是诗人愁绪索怀的样子。诗人临风望雨，深情款款，不停地吟唱，唱出内心的感伤与迷茫，也唱出对未来美好生活的憧憬与希望。

夜色已降临

文/宋家伟

夜色已降临

到处充满草木生长的气息

到处充满庄稼拔节的声音

淮河边一排村庄

还没有歇息

灯光点点星星

夜色已降临

河边的一片树林

演绎着黛色的夜幕

夜色中传来阵阵鸟鸣

小鸟归巢了归巢了

夜　渐渐走进宁静

精密夜色中的自然与生命之歌

——读宋家伟的诗《夜色已降临》

王长征（《中国汉诗》主编）

《夜色已降临》是一首简短而意境深远的诗歌。诗歌以"夜色已降临"直接点明了时间背景，同时也奠定了全诗的氛围基调。作者通过描绘夜晚的草木生长、庄稼拔节、村庄灯火以及树林鸟鸣等景象，营造出宁静、和谐而充满生命力的夜色世界。在结构上重复的句式"夜色已降临"，不仅增强了诗歌的节奏感，还起到了强调和呼应的作用，使得全诗在结构上更加紧凑和统一。

同时，作者通过描述不同场景的夜色，如村庄、树林等，使得诗歌在内容上更加丰富和多元。本诗语言简洁而优美，运用了丰富的意象和生动的描绘，增强了诗歌的画面感。"到处充满草木生长的气息/到处充满庄稼拔节的声音",通过对"气息"和"声音"的描绘,将夜晚大自然的生命力展现得淋漓尽致。此外,作者还运用了拟人、比喻等修辞手法,如"小鸟归巢了归巢了",反复的句式增强了韵律感,使小鸟归巢的画面更加生动和形象。在情感表达上,诗歌透露出宁静、安详而又不失生命力的氛围。本诗通过对夜晚景色的描绘,表达了对大自然的热爱和敬畏之情。同时,宁静的氛围也让人感受到内心的平静与安宁,引发读者对生命、对自然的深刻思考。在思想上,诗歌传达了人与自然和谐共生的理念,强调了人类应该尊重自然、保护自然。

同时,《夜色已降临》还有鲜明的艺术特色,如:意境深远,通过简洁优美的语言营造出宁静而祥和的夜晚世界;结构紧凑,通过重复的句式和多元的场景描绘使得全诗在结构上更加统一和丰富;情感真挚,通过对大自然的描绘表达了对生命的热爱和敬畏之情;思想深刻,传达了人与自然和谐共生的理念。

《夜色已降临》意境深远、语言优美、情感真挚、思想深刻。它通过对夜晚景色的描绘，展现了大自然的宁静与和谐，同时也传达了人与自然和谐共生的理念。在欣赏这首诗的同时，我们也应该反思人类与自然的关系，学会尊重自然、保护自然。

移动

文/宋家伟

太阳

从东地平线

划一个大大的弧

移到了西地平线

而我

没有动

也没有变

其实

移动的是时间

探索时间、存在与静止的哲学沉思

——读宋家伟的诗《移动》

文/中岛（《诗参考》总编辑）

《移动》是一首非常简洁的诗歌，短短的九行就浓缩了对生命与时间的哲学思辨，动与不动实际上并不是绝对的状态，而是一种相对于生命本身的价值观的表达。它以太阳从东到西的移动为引子，引出了诗人对于时间、存在与静止的深刻哲学思考。本诗歌开篇即以宏大、由虚及实的太阳和时间入手，又微观地切入人类生命，这种诗境融合实际上呈现的是诗人本身的一种对世界的感知与疑问。太阳作为自然界中最为显著的时间标志，其从东到西的移动，不仅象征着一天的开始与结束，更隐喻了时间的流逝与不可逆。诗人通过这一发现传达出来，也将读者的注意力引向了时间这一哲学主题。而"我"作为与太阳移动形成对比的存在,其"没有动/也没有变"的状态,则进一步凸显了时间与存在之间的微妙关系。

整首诗结构紧凑,层次分明。前四行以太阳的移动为线索,描绘了一幅时间流逝的画面;接着的三行,诗人转而关注自我,提出"而我/没有动/也没有变",形成了与太阳移动的鲜明对比;最后两行,诗人以"其实/移动的是时间"作为总结,点明了诗歌的哲学主题。这种结构上的安排,不仅使诗歌易于理解,也增强了其哲学思考的深度。

本诗语言简洁而深邃,没有过多的修饰与赘余,却能够准确地传达出诗人的哲学思考。诗人通过精练的词语与短小的句式,构建了一个关于时间、存在与静止的哲学思考空间。这种简洁的语言风格,不仅使得诗歌更加易于诵读与记忆,也让其哲学思想更加突出与深刻。诗歌通过太阳的移动与"我"的静止,探讨了时间与存在的复杂关系。太阳的移动象征着时间的流逝,而"我"的静止则代表了存在的恒定。诗人通过这一对比,提出了一个哲学问题:在时间的流逝中,我们的存在是否也会随之改变?或者说,我们的存在是否能够超越时间的限制?

从另一个角度来看,诗歌也探讨了静止与移动的相对性。虽然"我"在物理空间上没有移动,但在时间的维度上,"我"是不断移动的。因为时间的流逝本身就是一种移动,而"我"作为时间中的存在,必然也会受到时间的影响。最后,诗歌通过"其实/移动的是时间"这一总结,点明了时间的本质。时间作为宇宙中最基本的物理量之一,它既是客观存在的,又是主观感受的。诗人通过这种创作手法,提醒我们关注时间的流逝并珍惜当下,因为时间一旦流逝就无法挽回。

星夜

文/宋家伟

不是所有的星星

都闪烁星光

北斗星

还指示着方向

黑夜中

我因看不见树的摇曳

所以　也听不见

风的流淌

仰观宇宙的奥秘

——评宋家伟的诗《星夜》

文/司念（文学博士，安徽农业大学教师）

当"星星"成为仰观宇宙奥秘的钥匙时，诗人就打开了诗歌之门。"不是所有的星星/都闪烁星光/北斗星/还指示着方向"，一个强烈的"不是"不仅叩问日常万物，也叩问思想和语言本身，并对日常和思想进行了主体性的肯定。"还"字揭示心灵真相和生存实境，这几乎是有使命感和责任感的诗人才有的心境。

"黑夜中/我因看不见树的摇曳/所以 也听不见/风的流淌"，"因为""所以"是因果关系的关联词，"因为"就是写原因，"所以"表示原因所产生的结果，原因在前，结果在后。这是诗人在寻找克制虚无、走出困境的诗歌之道。

成熟的诗人几乎都在缜密的幽思中注入深切的关怀,既有洞察时代的思辨力,又有动人心魄的抒情性,在知性和抒情之间获得优雅的平衡,也获得一种两极式的语言张力。

写"星夜"的诗歌太多,但缺乏经典,量多质劣,让人过目就忘。

这首《星夜》从最为本质的生活事物出发,进而生发出充满诗意的语句,显现生活的诗意本质。这本质是无污染的,也是独特的,是生活本质的一部分。对于浩渺星空,诗人尽量呈现一种开阔的、芜杂的、浑浊混沌的力量感。

两个段落,句子均很短小,这是诗句经反复锤炼的结果。好诗大多是对生活中的诗意再提炼、再提纯,而且具有一定的口语性,这增加了自由表达的那种诗意语言的节奏感。

所用意象也是生活中的常见事物,这样就会很容易与读者建立一种亲切的阅读信任关系,进而使他的诗歌显得可信并可靠。"黑夜中/我因看不见树的摇曳",个人与时代的交织是一种必须与必然,这种交织的方式与方法非常多样,特别是以诗的方式,那就更含蓄,也更丰富。"所以 也听不见/风的流淌",在语言流向和诗意发散上有些简单,但正是因为这样的简单借助了象征和隐喻的力量,反而具有了一种"余味",或者说"言外之意",无形中增加了这首诗的诗意容量。

再回到开头,"不是所有的星星/都闪烁星光",诗带领我不断从"反常"中走出,紧贴诗意本身、生命和生活本身。异质性的语言,取得了震撼性的效果。诗歌节制、透气、有灵性,语言朴素,情绪干净,用"单线叙述"的方式以轻承重,从而有了一种崭新的样态,呈现出一种韧性的思考。

诗歌介入生活的愿望和能力,反映了生命和生活中厚重的一部分,选用最精练的话语去诠释,由繁而简,由加而减,简单、清纯,甚至天真,这种状态下写的诗,最能打动人心。看得出,作者看事物的眼光已变得温和,有了很多思考,他不是一个意象茂密的诗人,但可以想见,他是一个有灵魂信仰和道德修养的人,有着一颗能仰望宇宙、辨明奥秘的明亮的心。

蒲公英

文/宋家伟

蒲公英

高举生命的花朵

风吹过

希望的种子四处飘

蒲公英：生命的轻盈与希望的高飞

——读宋家伟的诗《蒲公英》

文/云沐蝶（中国少数民族作家协会会员）

在各种文学体裁中，诗歌是最具语言张力和感染力的，能在极短的篇章里，通过意象和意境的创造，表达出丰富的内容和深远的寓意。《蒲公英》这首短诗就是这样，整诗共分两节，一节两行，以简洁明快的笔触借物喻人，给读者留下关于生命、希望与自由的深刻思考。下面，我将从意象构建、情感表达、哲理思考三个方面，进行解读与赏析。

意象构建：生命的轻盈与坚韧

第一节"蒲公英/高举生命的花朵"，开篇即以简约而富有意象的语言，勾勒出一幅生动的画面。

蒲公英，这一自然界中常见的植物，人们再熟悉不过了，它摇曳着童年的快乐。我曾无数次地摘过它，把它轻轻地放在唇边，吹向天空，然后仰望着它，开心地追着它奔跑。这是爱，是深深的情，是希望，是寄托。这里的每一个字，似乎都不是一个字，而是蕴含着千言万语。我能想到，诗人把它轻轻地放到笔下时，在内心是如何带着敬慕之情把它高高举起的。它是有生命的，举着生命的花朵，纤弱而顽强。它能感染所有生命。它是生命的典范。

或许是由于蒲公英真的太常见了，每一个人的记忆中都有一朵蒲公英，诗人删繁就简，仅用了一句极为凝练的话来展现蒲公英的意象之美。但不寻常的是，"高举"二字用得传神又精妙，不仅形象地描绘了蒲公英花朵迎风挺立的身姿，而且寓意着不屈不挠、积极向上的精神风貌，让人感受到生命的尊严。

情感表达：希望的播种与传递

"风吹过/希望的种子四处飘",第二节是这首诗的灵魂所在,虽是简短的一句话,却使诗歌的意境得到进一步的深化。风作为自然界中无形的力量,像信使一样轻轻吹过,让蒲公英的种子踏上传播的旅程,四处飘扬。这一场景,不只是对蒲公英生命循环的生动描述,更是对生命生生不息的深刻诠释。特别是,诗人巧妙地运用了"希望的种子"这个喻象,将蒲公英的飘散与生命的延续、希望的传播紧密联系在一起,使读者在感受自然之美的同时,也能深刻体会到生命的力量与希望的高飞。

哲理思考:人生的选择与挑战

品读《蒲公英》一诗,我们不难发现其中蕴含着深刻的哲理。蒲公英的生命无疑是弱小的,但其坚韧而顽强的生命力是可歌可泣的。在风的吹拂下,它们无法自主选择方向,只能在自由与漂泊的旅程中,勇敢地面对风雨,始终保持着积极向上的心态。正如人生路上,我们的每一次选择与挑战,实则也被各种因素所左右，每一次都是一次新的开始，一次向着未知世界的勇敢探索。在此过程中，我们会遭遇诸多困难与挫折，但只要像蒲公英种子一样，做到心中有希望，就能找到属于自己的土壤，还有那片天空。

总之，《蒲公英》一诗以其精练的语言、生动的意象、深刻的哲理，为我们呈现了一幅关于生命、希望和自由的美丽画卷。它让我们在欣赏自然之美的同时，也深刻反思了生命的意义与价值。愿我们都能像蒲公英一样，在生命的旅途中勇敢前行，让希望的种子在心间生根发芽，绽放出属于自己的生命之花。

海难

文/宋家伟

晨光送来一声告别

空气中飘满泪光

昨夜狂风大作

吹来阵阵恐慌

于是你开始了

杳无音信的远航

何时归来

在渔村的树下

我已站立成永远的遥望

谁又不是"海难"后的凝望者

——读宋家伟的诗《海难》

文/李金龙（中国成人教育协会文化创意专委会常务秘书长）

读这首《海难》，如果配上歌手刀郎深情的《花妖》，流淌的大概就是平静的悲伤。"晨光送来一声告别/空气中飘满泪光"，一开笔就是平淡但已是深渊般的绝望，这已经是这首诗的高潮了。"晨光"本来给人的是希望、是美好、是开始，第一缕晨光轻轻拂过海面，本应是大自然最温柔的笔触，但恰恰这晨光送来了告别，它承载着一场无法言喻的告别，空气中弥漫的不仅是清晨的清新，还有那难以抑制的泪光与无尽的思念。透过开头两句，一个故事已在读者的眼前展现：出海的人消失在昨夜的黑暗中，狂风如野兽般肆虐着、怒吼着、咆哮着，仿佛要将整个世界吞噬。海浪被狂风卷起,形成一道道巨大的水墙,狠狠地拍打着岸边,发出震耳欲聋的声音。那一刻,整个渔村都笼罩在一片恐慌之中,人心惶惶,不知所措。破晓时分,本应是渔民们满载而归的喜悦时刻,但岸上的人们只能看到一片空旷的海面。晨光如同锋利的刀刃,划破了那熟悉而又未知的海域,将一切不安与混乱都归于平静。然而,这份平静显得如此沉重,因为它带着一种无法言说的悲伤——那些出海的人,再也没能回来。而这明朗起来的世界,仿佛从混沌回归清明,这安详的晨光,恰恰似那不归人送到岸上来的一声道别。而留在空气中的清晨薄雾、水汽,和岸上人的泪水融为一体,竟是那么和谐,尽管世界在越来越强烈的晨光中变得越发光芒万丈,但"昨夜的狂风"才真正开始无限蔓延。

后面的诗句,只留下对"海难"的无尽诉说。渔村的树下,也许是一个妻子,也许是一个母亲,也许是一个孩子,静静地站立着,他(她)的身影在晨光中拉长，显得那么孤独而又坚定。他（她）的目光穿过层层薄雾，仿佛要穿透那遥远的海平线，去寻找那些已经逝去的亲人。他（她）的脸上没有泪水，但那双深邃的眼眸中藏着无尽的思念与哀愁。他（她）已经在这里站了很久了，仿佛要将自己站成一棵永恒的树，永远守望着那片海，守望着那些再也无法归来的灵魂。

整首诗并没有多大的起伏，没有激情澎湃和大悲大伤，一切是那么平静，无尽的伤痛就像"晨光"，有光的地方明媚如歌，无光的地方静如深渊。

"海难"可能是某一次海难，也可能是无数次海难，抑或是我们每个人各自的"海难"，我们每个人在经历自己的"海难"之后，伫立在渔村树下的那个人，遥望着自己，也遥望着远方，总有杳无音信的远航，让我们如此平静，如此悲伤。

"海难"更是一个时代的"海难"、每一个时代的"海难"，每一个经历"海难"后的人们，总是驻足、遥望……

宁静

文/宋家伟

这个夜晚

心归于宁静

山间飘满

波澜不起的烟云

山顶的寺院

月光下忽暗忽明

轻风拂过

点点星星的风铃

自然、心境与雅歌

——读宋家伟的诗《宁静》

文/刘亚武（昆山市作协理事）

汉诗有着吟唱自然的伟大传统，不只是《诗经》《楚辞》这样的源头，唐诗宋词更是绵延鼎盛。然而，我个人认为，将这一写作传统发展到登峰造极的则是东晋的山水田园诗（以陶渊明与谢灵运为代表），当然，唐诗中一个不起眼的流派"寒山诗"也不得不提。究其原因，古代的先民或山水诗人一方面本就与自然亲近（农业文明几乎碾压一切），也不排除仕途失意寄情山水的表达，当然也有修身养性、天人合一的悟道喜悦与玄思。这些在古代汉诗的写作中无疑占据了重要地位，对现代新诗的写作也必然产生巨大影响。在某种意义上，这种题材的诗是汉诗在新诗写作中的中国化表达，是古老的新词。

诗人的这首诗无疑是一首指涉自然的短歌。诗中提到"山间""烟云""山顶""月光""轻风""星星"等，无一不是山川风物。而且这些元素的组合，自然形成了一种场域，在本诗当中甚至是宁静的。是的，虽然诗人隐身了，但是这种感觉还是呈现出来了，这就指向另一个词语：心境。这就不得不提自大诗人王维以降的禅诗浸润。这是佛学在中国本土化的仙葩，缘起性空或真空生妙有的禅思影响着诗人以自我心境对山水的观照。山水与禅的结合几乎没有一丝缝隙。而在这首诗中，两个非自然的名词之一——寺院就是这一佐证。

回到这首诗的文本。诗人开门见山，"山间飘满/波澜不起的烟云"，诗人通过这一观物呈现出夜晚内心的宁静。其中虽然烟云充满了山间，但是"波澜不起"，也就是没有大风的吹动，自然被视为一种安宁。第二节中"寺院"出现，而且是在山顶，禅诗的意境就出来了。至此，前诗的"满"实际上是一种"空"。"月光下忽暗忽明"，则有一点点波动，这是烟云的，其实也可以说是心境的。"空"之后的"妙有"生出来了。是的，这是"妙有"，不是心境的下沉，而是有新的"拾得"。果然"轻风"吹起来了，与"忽暗忽明"完成闭合。最巧的是，这个"妙有"即"妙音"："点点星星的风铃"。风当然不可能吹动"星星"，但是有"雾"的助兴，确实能产生星星晃动、风铃之声响起的错觉，不管是譬喻还是通感，颇有禅诗的"妙手偶得"之境。

这首诗虽短，却保持着一定的韵律，结构上虽有一定的延展，但大体上接近复调的呈现。总体上这首诗写山水自然，也是写心境的宁静（或禅诗意境），无论是语言、题材、架构、场域，还是沉思，都带着醇厚的中国味道，算是新诗写作中的雅歌。

渡口

文/宋家伟

繁忙的渡口

终于安静下来

渡船

泊在岸边憩息

月牙挂在树梢

鸟在林间细语

船夫与渡船

相拥而眠

梦中却响起急促的长笛

原来是对岸

呼唤着一个求渡者的焦急

虽然夜已深

但船夫依然荡起桨

没有犹豫

没有犹豫

源于生活细节的诗

——读宋家伟的诗《渡口》

文/陈啊妮（陕西文学研究所特聘研究员）

这首诗如一幅古雅的民俗画，在静寂与缓动中，生活的"渡口"也是生命的"渡口"，所以诗中并非简单地对渡口和船夫进行描述。我甚至认为，诗中有关渡口的设计，超越了时代的印记，而让它的内涵充盈，并折射出更多隐秘的生命经验。诗中"船夫与渡船/相拥而眠/梦中却响起急促的长笛"，更是道出了循环往复式的生活深处的焦灼和困厄。人间存在有水有船的"渡口"，大多数时候，却是只见水不见船的"渡口"，求渡者的呼喊声是急切的，他要抵达彼岸，但船夫的彼岸何在？所以这首诗实际上糅杂进了两种人的求渡之心！而更让读者感动的，是船夫的"求渡"：他把一批批的"求渡者"由此岸带到彼岸，又把另一批"求渡者"由新的此岸带到另一个彼岸，此岸与彼岸，对"求渡者"是澄明的，但是对船夫是相对的，或永远模糊、一生也难成立的。他的彼岸在哪儿？恐怕是离水弃船上岸，但那样的岸就是他生命的岸了——从这首诗中，我读到的不是"渡口"这一形象的单纯塑造，更不是诗人自我形象的烘托。诗中的"我"是不存在的，或只是位于隐蔽处的影子，"我"是渡口现场的观察者和体验者，或者是无数"求渡者"中的一个，但"我"又是敏感的、具有超越意识的，因为"我"同时洞悉了"船夫"内心的波浪。

在诗的最后一段，"虽然夜已深/但船夫依然荡起桨/没有犹豫/没有犹豫"，很显然写出了船夫同样有一颗"求渡者"的心，一样迫切与"焦急"，他要通过快快离岸、急急抵岸再快快离岸这样的"没有犹豫"的往复，来平复求渡之切。读到这儿，我深感这首诗的深度，远非纸面文字所叙述的，其内在更辽阔的"诗性"和生活哲学的浮现，才是更值得读者去探寻的。

《渡口》这首源于生活细节的诗，其更大的价值还在于本诗对词语本身探询的敏锐和勇气，即"渡口"这个词，可以从中幻化出人的一生的无数欢愉或伤痛。一次"求渡者"的摆渡，如过一关，而船夫，则成为每一个求渡者、一天中若干个求渡者的"善人"或"贵人"——但这一点，作为船夫是意识不到的，他与求渡者之间的关系，就是听到人的呼喊，然后又向另一岸人的呼喊而去。他永远徘徊和转换在两岸的呼喊声中。

他渡了天下人，也渡了自己，难道这不就是船夫的命运吗？渡口，那么平常，又不平凡，既能轻松渡过，又可能望"水"兴叹，难道这不就是渡口的定义吗？

风雨之行

文/宋家伟

疾风　劲雨
水流急湍的沟渠

风息　雨止
人流匆匆的步履

对"风雨之行"进行自我特色的诠释
——读宋家伟的诗《风雨之行》

文/陈啊妮（陕西文学研究所特聘研究员）

这是一首微型诗，从两节诗的外在形式看，酷似一副对联。当然我没有将之作为对联来读，而是作为一首诗来读。从诗歌的创作现状看，微诗的书写者越来越多了，必须说，这是一种新形式的尝试。诗歌想要对一种通常又神秘的事物或行动作出不同凡响的"自我证明"时，如"风雨之行"这一概念，就必然要找到一定文体的仪轨。就《风雨之行》这一题目来说，可写的很多，但诗人可能猛然发现：大多数的表述，已被前人"占用"完了。再一点，诗人属于不服输的一类，愿意用更简洁但更开阔的方式，对"风雨之行"进行具有自我特色的诠释。

这首诗的诗眼,当然也在于对"风"和"雨"的铺陈,以及对风雨中及风雨后的情景的描绘。那么,诗人到底是仅仅写了风和雨的"行走",还是同时写了人的"行走"?如果是一首稍长一点的诗,我们当然能轻松地读出来,但针对仅有四行的微型诗,我只能说:需要读者联想和参与创作。这首诗的一个妙处,也在于预留了大片留白,任由不同读者补充和接续,或者推断。在此,我个人的阅感当然只代表我自己,我认为:诗人写风雨之行的同时,也写了人流之行——风和雨,及人,是那一刻同一幅图画中的三个元素,可以把风雨看成人流,也可以把人流看成风雨,还可以当成风雨和人流的对峙或互为逆行。如果仅仅是一场风雨,然后"风息"和"雨止",在诗中就形不成对冲,更不能产生张力。

我们还应该从生命和人生关怀的角度来读这首诗,从而找到诗中的精神重力,以及诗人"个人词源"的建立。这首短诗,怎么说都有一定的先锋性,即人对生存的特殊表达与感受力。同时,这首诗写的是风雨行走,并非刻意的空洞叙述,而是写出了公共经验之中个体观察的特殊性,甚至有一定的个人化的命名性。

综上,这首诗对"风雨之行"的书写,不是乏味的见证式表白,更非私语化的"遣兴",而是内在性的对峙和陡峭的悬置。不错,"存在之思"是诗歌的哲学特点,这首诗的不凡,同时寄寓了读者对风雨与人流的评判和感知,也可能产生思索,实现一种特殊审美从遮蔽至澄明的拯救。

无端的愁

文/宋家伟

郊外

没有一棵草

却长出一幢幢高耸的楼

河边

没有一只船

却伸出一杆杆钓鱼的钩

心中

没有一方土

却生出一缕缕无端的愁

诗人情感变化的深度剖析

——读宋家伟的诗《无端的愁》

文/张况（广东省作家协会副主席）

《无端的愁》是一首类比意象递进式的抒情诗歌，作者巧妙地通过郊外、河边与心中三个不同场景的类比描绘，切入个体复杂而微妙的情感变化。这首诗采用三段式简易结构，每段都以一个具体的场景为开头，展示可以类比的不同意象，以此层递式深入诗人的内心世界，表达无端之愁从何而来的清晰路径。这种结构不仅层次分明，也使诗人的情感变化得以逐一展现。从郊外的高楼，到河边的鱼钩，再到心中的愁，诗人的情感从外在的景物逐渐位移到内心世界，进而衍生出无端之愁在诗人内心的感受，形成了一种由外而内的情感递进，较好地解决了抒情诗由模糊而具象的情感转变和书写方式转变的问题。

诗中的意象运用虽然直白，但也见匠心，诗人通过对比与象征的手法，增强了诗歌价值依次提纯的情感表现力。不难想象，郊外本应是草木丛生的地方，却"没有一棵草/却长出一幢幢高耸的楼"。这分明是内心对草木被铲除的某种惋惜，同时也是对自然环境变化、现代化城市难言好坏的由衷感慨。河边本应是人们站着看船只繁忙穿梭的去处，却"没有一只船/却伸出一杆杆钓鱼的钩"。这种对比不仅突出了诗人对景物某种异常的敏感，也寓意了诗人内心的某种失衡与不安。而高耸的楼与钓鱼的钩，则象征着现代社会的喧嚣与浮躁，以及诗人对这种生活的无奈与抗拒。说到底，这就是诗人最终产生无端之愁的原因。

这首诗的语言极简却不失含蓄的诗意，没有过多的修饰，却能准确传达诗人想要表达的真实情感，给读者留下了足够的想象空间。这种极简的语言风格，使得诗歌更加耐人寻味，能较好地反映诗人内心微妙的情感变化，引发读者对生活、社会和自我价值思考的诗意空间。这也许是诗人对现代世俗生活的一种反思与抗争，是对现代社会的喧嚣与浮躁产生的无奈拒绝与无端之愁的反映。"无端的愁"生于内心，也许并非诗人独一份的感受，这也许是现实生活中人们普遍存在的某种心理困惑与认知迷茫。由此衍生的反思与抗争，可视为诗人之于社会的某种责任感与使命感的体现。这就是这首诗的意义和价值所在。

第五季节

文/宋家伟

一片缥缈的云

遮住太阳苍老的圆形

冬的回声

早已随风飘尽

可四月里　雪片依然

拥抱着发芽的柳林

这就是第五季节

这就是气候的演进

浪漫的第五季节

——读宋家伟的诗《第五季节》

文/张栓固（《中华风》杂志主编）

诗人宋家伟发来一首短诗，诗歌名字为《第五季节》。蓦地一看还真的有点发蒙，第五季节是一个什么季节？时代向前发展，社会在进步，自然会有新的名词或曰时髦名词出现，这也是社会文明进步的一个标志。由于年龄的关系，我对于新的名词知之甚少，甚至有些陌生。即便是知道了或者听到了新鲜的名词，我也是思维若木，鲜少追逐那些新鲜的。譬如曾经流行的"躺平"，其意也略知一二，这与社会大气候相关，我也还是不愿意深入去理解，别人已经挂在嘴上了，自己听了却还有茫然。

"第五季节"在我看来仍然是一个新鲜的名词，

初看到《第五季节》这个陌生的名字，我还真的稍稍一愣，许久没有对名词的来意回过神来，而且诗很短。第五季节也就是第五季，解释为一个游离在四季之外的时空概念，是一个属于诗人自己的心理季节，它是人们"轻松生活，表现自我"的生活态度的物化。品牌的物质价值是带给消费者生活的美味，文化的价值是传达纯粹生活的人性自我回归，这就是第五季节创意的原点。

有一首名为《第五季节》的歌："拥有生命存活的/真正意义/给予我生命的诠释/甚至让我懂得/爱情真谛 第五季节/阳光渗透了所有的语言/爱在阳光中升华/无规则的悸动里/爱情的种子/自由的萌发……"

第五季节有两个含义：其一，春夏秋冬四季以外的第五个季节；其二，游离在四季之外的时空感念……游离于四季之外，实际上是对现实生活艺术的升华，作者的思想在飞扬，在想象的空间里，第五季节极具浪漫的色彩。

作者眼中的第五季节是"一片缥缈的云/遮住太阳苍老的圆形";一片云该是想象的穹隆,一片云是浪漫的世界,它可以遮住光芒四射的太阳,也可以遮住这片天空,在这个空间里,云是无边无际的思绪,它可以使这个世界翻天覆地,也可以使这个世界宁静致远。"冬的回声/早已随风飘尽/可四月里雪片依然/拥抱着发芽的柳林。"既然是第五季节,那么这个季节不仅仅是冬天的回声在飘远,还有吹来的风,还有缠绵无尽的细雨,还有斑斓的秋色,都会汇聚在这个季节,姹紫嫣红的梦境,像海市蜃楼,出现在遥遥无际的远方,真的需要用时间、智慧、辛勤的努力去取得。

正是诗中所表达的那样,"这就是第五季节/这就是气候的演进"。气候演进是作者对明天的期望,像《第五季节》中的那句歌词,"游弋的心/在第五季节得到爱神的眷顾"。

鸽子

文/宋家伟

鸽子

在空中飞翔

转了一圈又一圈

因为它迷失了方向

不知家在何处

立于高楼张望

一个鸽群飞来

孤独的鸽子紧紧跟上

鸽群越飞越远

孤独的鸽子更加迷惘

六天之后……

这只鸽

还是飞回了家乡

探索与归宿的无量之爱

——宋家伟诗歌《鸽子》的象征意义与思考

文/张耀月（《逍遥文艺》主编）

与著名诗人宋家伟老师认识多年，早在他在阜阳市工作的时候，我就曾与他在孤儿院、敬老院的爱心活动中有过几次接触。他是一位善做善为的领导，也是一位有爱心、有情怀的诗人。他的诗从小格局到大格局，从小众到大众，从小家到大家，从小爱到大爱，完整、庞大、充实、高尚，他的诗始终在探索之路上，始终在归途之中，有无量之爱，有普及一切、包容万物的情感，也充满对生活的思考。

这首《鸽子》是他优秀诗歌中的代表作。鸽子不仅是一个常见的生物形象，还是诗人内心深处复杂情感和人性思考的寄托之物,又有一种幻灭幻失的不确定性。这首诗以一只迷失方向的鸽子为主角,通过其飞翔、迷茫和最终归家的恋巢性,象征了人类在探索自我和寻找归属感的过程中的种种努力,体现了爱与被爱的终极思考,通过简洁而富有象征意义的语言,引发了读者对生命、存在和归属等深刻问题的思考。

艾略特在《荒原》中写过,"我听见了美人鱼在歌唱,彼此唱着无词的旋律",描绘了一种迷失和寻求的状态,深刻探讨了现代社会中的异化和失落感,这与本诗的主题有着异曲同工之妙。弗罗斯特在《未选择的路》中也写道,"两条路在树林中分叉,而我选择了人迹更少的一条,从此决定了我的一生",表达了选择的重要性和决定性后果,与本诗中鸽子选择跟随鸽群却更加迷惘的情景形成鲜明对比。

中国古诗常常探讨的主题之一就是"迷失和寻找",诗人经常会在作品中表达自己在人生旅途中的迷茫和对归宿的渴望。王维的《鹿柴》,"空山不见人,但闻人语响。返景入深林,复照青苔上",幽境中光线指引,与鸽子坚持不懈的探索精神相映成趣。鸽子的回归不仅仅是一个地理上的回归,而且是一种心灵的回归,无论是陶渊明的"采菊东篱下,悠然见南山",还是辛弃疾的"众里寻他千百度。蓦然回首,那人却在,灯火阑珊处",都表达了对精神家园的渴望与追求。这首《鸽子》也是,表达了对大众奔向远方的追随,以及最后回归栖息之地——家园的夙愿。

从存在主义视角看,《鸽子》这首诗反映了个体在面对生活的不确定性和荒诞性时的挣扎。鸽子的迷茫和探索可以被视为对人类存在状态的一种隐喻。从象征主义视角看,《鸽子》中的鸽子作为和平与希望的象征,在诗中却经历了迷失和挣扎,这可能象征着人们在追求和平与希望的过程中,也不可避免地会遇到困惑和挑战。从后现代主义视角看,这首诗打破了传统的叙事结构,通过重复和循环的元素,展现了一种非线性的时间观和空间观，这种手法强调了现实的多元性和相对性。

这首《鸽子》不仅在艺术上具有高度的象征性和美学价值，而且在哲学上也提供了丰富的思考空间。作者把视角放在广阔的世界和漫长的历史长河中，通过不同背景下的独特表达和深刻理解，鼓励我们在面对生活的不确定性时要保有勇气和希望，同时也提醒我们要有独立思考的能力，不盲目跟随他人。鸽子作为象征，它在空中飞翔、迷失方向、寻找家园，细腻的描写和生动的比喻，传达了对人生的迷茫，展现了作者对生命探索与归属感的思考。诗中运用了重复和循环的结构，形成了强烈的视觉和听觉效果，使读者仿佛置身于鸽子的飞翔之中。诗中的"高楼"和"鸽群"等意象，不仅丰富了画面感，也深化了主题内涵，整首诗在简洁的语言中蕴含着深刻的哲理，引人深思。

鸽子在空中飞翔，转了一圈又一圈，这种重复的动作也暗示着它在寻找方向时的困惑和无助，鸽子不知家在何处,立于高楼张望。这里的"高楼"是不是象征着人生的高峰或困境?而"张望"是不是又表达了对未来的期待和希望?"一个鸽群飞来/孤独的鸽子紧紧跟上",这个场景可以解读为个体在面对困难时寻求帮助和支持的心理状态。然而,随着鸽群越飞越远,孤独的鸽子变得更加迷茫。这可能是因为跟随他人并不一定能够找到正确的方向,反而可能使自己更加迷失。"六天之后……/这只鸽/还是飞回了家乡",这个结局既出人意料,又令人感动。它告诉我们,即使是在最困难的时刻,只要坚持不懈地努力,最终还是有可能找到解决问题的方法,它写出了人生中的一种普遍现象:虽然我们曾经迷失过方向,但最终都会回到属于自己的地方。

总的来说,这首诗通过对鸽子的描述和象征意义的运用,表达了对人生探索的思考。它提醒我们要勇敢面对困难,不断尝试和探索,相信自己最终会找到属于自己的方向和归宿。它也启示我们,在面对选择时要审慎思考,不要盲目跟从他人的步伐。

同时，作者博大的胸襟和情怀，探索与归宿的无量之爱，"博爱之谓仁，行而宜之之谓义"，更是体现在作者的诗歌和他的一言一行中。

鸟已归林

文/宋家伟

鸟已归林

可我无处寻找温馨

托起的梦

去追赶浸湿的云

沿着绿林

听　众鸟归林的声音

我的心

也飘向平静

禅之一味：读《鸟已归林》

——读宋家伟的诗《鸟已归林》

文/张文霞（洪湖文泉诗社编委）

这是一首禅味十足的小诗。

提到禅，有一个怎么都绕不开的人——佛祖释迦牟尼，还有他那著名的堪比蒙娜丽莎的"拈花微笑"。话说某日，释迦牟尼在灵山上说法，有人献了一朵鲜花给他。他手拈这朵鲜花，环视众人，久久不发一语。众人都愣住了，不解佛祖此举何意。只有摩诃迦叶心有所悟，脸上才呈现出会心的微笑。于是，佛祖便将这"教外别传，不立文字，直指人心，见性成佛"的道传给了摩诃迦叶。

禅就是这样，难以言说；诗则是含蓄而隽永的。禅找到诗这个介质，诗将其非逻辑、反理性的思维植入禅理中，使得禅嬗变为并非完全不能言说。

同样地，诗遇见禅，禅对生命、对自然、对山河大地众生万物那种超然明净的智慧，附丽于诗。诗人蹈足在这种境界中，无不成了"诸法无我，明心见性，不以物喜，不以己悲"的禅者。

本诗的作者，无疑是拥有这样一颗空灵的禅心的。"鸟已归林"既是诗题，也是诗眼。诗人走入林中，好比进入禅修中，眼耳口鼻舌无一不生动起来。诗人坐禅，让呼吸和清风一起吐纳，灵台渐清明。诗人调整思维，以期达到天人合一的境界。众鸟归林之后，诗人开始"寻找温馨"。在梦中，他逐渐进入了修行的最高境界，也就是禅定。因此，他的心灵超越世俗的纷纷扰扰，"去追赶浸湿的云"。

著名诗人洛夫说，经过多年的探索，我的抉择近乎《金刚经》所谓"应无所住，而生其心"。我们的"心"本来就是一个活泼而无所不在的生命，自然不能锁于一根柱子的任何一端。一个人如何能找到"真我"？如何求得全然无碍的自由？又如何在还原为灰尘之前顿然醒悟？对于一个诗人而言，他最好的答案是化为一只鸟、一片云，随风翱翔。

而本诗的作者正是这样的一只鸟、一片云。他沿着树林飞，敞开心扉，去聆听大自然的纶音。"此中有真意，欲辨已忘言"，诗人由此获得了内在的圆满。

他内心的喜悦和丰盛如此充溢，不再有一个自我需要被喂养，也不必依赖他人的反馈来获取快乐。他自己就是完整的、有价值的，也是安全感满满的。不意外地，他抵达平静！

这首诗虽然短，但其中承载的哲思却深长。它令我联想到了唐朝诗人王维。

王维以诗名盛于开元、天宝年间，有"诗佛"之称，他与"诗仙"李白、"诗圣"杜甫并称为盛唐诗人的三座高峰，绝非虚名。

王维不仅参禅悟理，学庄信道，还精通诗、书、画、乐等。其书画特臻其妙，后人推其为"南宗山水画之祖"。苏轼评之曰："味摩诘之诗，诗中有画；

观摩诘之画,画中有诗。"

本诗第二节颇得王维《鹿柴》"返景入深林,复照青苔上"的意趣。这两句描绘了落日的金光通过云彩反射,映入深林,照亮了幽暗处的青苔。而"众鸟归林"时,诗人则是沿着深林,听着鸟鸣,一点点地,找到了内心的平静。

一颗玲珑剔透的禅心,一双宁静不染尘埃的眼睛,所见,所悟,哪怕隔了一千多年的烟云,都如此奇妙地、水乳一般地交融了,多么神奇啊!

何其有幸!禅寻寻觅觅,终于找到诗这最好的载体。

诗借助于禅,其韵味、其意趣更上一层楼,芳香沁鼻,扑面而来!

奔 跑

文/宋家伟

她像风一样奔跑

飘起的长发

像一团云烟

我伫立成一棵常青树

静静地凝视爱的理念

而那团云

越飘越远……

追寻爱与自由

——评宋家伟短诗《奔跑》

文/沈璐（《大湾区时报》总编辑）

初读这首诗是在一个午后，当时我正坐在窗前，窗外微风轻抚树的枝叶，而旁边则是轻轻打开的窗。此情此景与这首诗倒有一些不谋而合。这首诗以"奔跑"为主题，寥寥几笔，便描绘出一幅爱与自由的画面。

诗歌中的"她"，如同一个有着极强生命力的精灵，以风一样的速度奔跑着。这里并未写她在哪里奔跑，为何要奔跑，更未曾告诉我们她要去哪里！但我们可以从诗人的笔下，感受到她的美好，此刻她在哪里、为何奔跑已然不重要，重要的是她正奔跑着，未曾选择停下脚步。诗歌里用"飘起的长发/像一团云烟"来展示她的美,这种美是自由不羁的,是神秘且浪漫的。我们未曾知道她奔跑向何方,但是这样的描绘让读者感受到她内心的激情和追求是不凡的,仿佛她正在向着某个目标坚定地前行,而这个目标似乎与诗里的"我"有关。

紧接着,诗中提到了"我"。"我伫立成一棵常青树/静静地凝视爱的理念",常青树象征着永恒与坚韧,这里透露出诗人对爱的执着,"凝视"一词更透露出诗人此刻内心情感的坚定,这种情感带着审视和爱意。而"静静地"更是写出了不打扰的爱意,这种爱意是对爱的思考,思考着奔跑与坚守的意义,思考着爱的真谛。最后诗人的目光跟随着她越走越远。

最后的结局是哀伤的,因为"那团云/越飘越远……"。她终究是远走了,没有任何停留的想法,这种不愿驻足的停留是对自己的坚守,是追逐自由的象征。而她的奔走仿佛也带走了一些无法名状之物,有可能是曾经许下的诺言,有可能是共同的回忆，还有可能是曾经追逐的梦想……而此刻，"我"只能选择依然坚守在原地，像一棵常青树一样，不愿意老去，只能用心等待着奔跑的她再次路过我的身边，而这种等待是否能够如愿充满着未知，"我"只能静静地期盼着……

整首诗情感真挚，意象生动，语言简洁明了，让人读后感觉到爱的无奈和对自由的渴求。整首诗通过她的奔跑与"我"的凝视，动态与静态结合，成功地构建了一个关于爱与自由的画面，让人感受到人生的热情与追求，以及爱情的坚守与等待。

新时代，人们对爱与追求的态度变得多样化。比如选择默默地注视自己所爱的人，成全所爱的人的选择，成就一种不一样的爱。我靠着窗，读着这样一首具备生命力的诗，风轻轻地摇晃着楼下的树叶，此时楼下的人似乎也开始随着风的节奏奔跑起来。谁能不感慨呢？爱还是自由，追逐还是等待，人们一生中都要面对这样的问题，谁帮我们去解答呢？如果可以，那就让时间吧！抑或在这样的一首诗里找到共鸣与慰藉。

晨露

文/宋家伟

月亮哭了

整个夜晚

都在对星星倾吐

清晨

绿叶落满泪珠

月与露的诗意解读

——读宋家伟的诗《晨露》

文/沈璐（《大湾区时报》总编辑）

在夜晚，读上这么一首简短的诗，感受诗里意象的浪漫，确实让人心生愉悦。我从未想过晨露的到来可以如此诗意化，直到读到这样一首诗，简短内容里，即谱出了一首浪漫的夜之曲，也写出了一首伤感的晨之歌。

整首诗以"晨露"为核心，巧妙地构建了一个既浪漫又略带哀愁的自然景象，字里行间显露出一种温柔细腻而深刻隽永的情感，让人看完后陷入沉思。

诗人用"月亮哭了"作为诗歌的开头，整首诗充满想象力，这种独特的拟人化修辞手法，形象生动地写出了月亮的悲伤，也让读者如同走进了童话世界一般去感受此刻的月亮。月亮，作为古往今来诗歌里最常用到的意象，往往与故乡有着千丝万缕的联系。但是此刻的月亮不去诉说故乡和思念，这个夜空中孤独且神秘的物，竟然在此时"哭"了起来，而且急着对着星星倾吐这份悲伤和委屈。倾吐什么呢？作为读者的我倒是万分好奇倾诉的内容。这样的描绘，不仅让诗歌的画面充满灵动之感，还赋予了月亮不一样的情感，让读者联想到夜深人静的时候，那些无法言说的心事就会像夜行动物一样冒出头来，仿佛此刻的月亮和星星之间，有着一场盛大且隐蔽的无声对话，而这场对话将会以晨光的出现而结束。

　　清晨的到来，是第一缕阳光洒落大地时？是鸟的第一声啼叫？我们无法预知。诗人直接用了"清晨"两个字，从夜晚直接过渡到白天，没有言语赘述，简洁且有力，时空的转换在此刻完成。

　　诗中的"绿叶落满泪珠"，让我不禁发出疑问，这里的"泪珠",是月亮的眼泪,还是绿叶的呢?在我看来,这里既可以说是月亮哭泣的延续,也可以说是绿叶偷听到月亮与星星的对话,对它们的谈话内容感到万分伤感的回应。而"落满"这个词的出现,体现了"泪珠"的多,可见此时的情感已经达到高潮,无法平复。这些"泪珠"便是对昨夜情感的一种深刻回应。它们就是绿叶上的"晨露",晶莹剔透,是大自然对月亮情感的见证。我们深知太阳终会再次升起,而露珠也会在阳光下蒸发,就如同夜晚的所有伤感终会消失一般,新的一天也会再次充满希望和生机。

《晨露》这首诗,让我感慨月与星的诗意对话,晨露的诗意延伸。整首诗语言简洁,没有多余的话。诗人用寥寥数语写出了丰富的画面,让人在品读时感受到大自然的神秘与美丽,以及生命中那些无法言说的情感。但愿所有读者与我一样,在这样一首充满诗意与想象力的诗中,寻觅到一丝宁静与慰藉。

春

文/宋家伟

春风给嫩芽一个吻

嫩芽绽开草艳叶绿的春

春给万物一个启迪

千万株花木结满春的梦

春：生命与希望

——评宋家伟短诗《春》

文/沈璐容（深圳航空新媒体协会副会长）

四季是轮回的，春天终将来到。正是因为如此，万物才能拥有生机，人们才会充满希望。初读《春》这首短诗，我的内心颇受震撼，诗人通过生动的意象和简洁的语言，把生命与梦想写进春天里，展现了春天带来的生机与希望。

整首诗歌以"春"为主题，诗人以"春风给嫩芽一个吻"作为开头，画面极其温柔，仿佛让读者看到了爱意满满的春风轻拂过树枝上的嫩芽，就像一位母亲亲吻着婴儿的脸颊。这里所写的"嫩芽"便是生命的开端，春风的吻如同拥有魔力一般唤醒了万物的生命，也告知万物冬已远走，春已来到。

在我看来，这个吻是非同寻常的，它让嫩芽得以"绽开"，而这绽开的便是"草艳叶绿的春"。万物的复苏与春的到来是一种互相成就的关系。春的到来使得万物拥有生机，而万物的生机构成了一个完整的春。这样的意象，不仅生动地描绘了春天的景象，也寓意着生命的诞生给予了足够的温暖与爱。

紧接着，诗人写下"春给万物一个启迪"，在这里，诗歌的意境得以升华。读者不禁会产生疑问，这里的"启迪"具体指的是什么？它有何意义？春天为何要给万物以启迪？这些问题将会给读者带来深度的思考，也许最终会指向不同的答案。也正是这个"启迪"，让读者得以更加深刻地理解诗歌的意境之美。春天不仅是季节更替而来，而且要让人们重新审视生命的意义。每到春天，生命便以全新的姿态再次回归，正是如此，生命才有了实现意义的可能。我想，这种"启迪"是春给万物的，是带有深刻意义的。

诗的最后一句"千万株花木结满春的梦"，这寓意着在春天的启迪下，万物都孕育着生命的梦想与希望。这里的"梦"带有对未来的期盼、对生命的忠诚、对目标的追逐……这里的"梦"虽是"千万株花木"所结而成，却也隐含着人们对春的感受，此刻人们也如同这千万株花木一般，追逐着春的脚步，感受着春所带来的启迪，探索着梦想的力量和生命的意义。

整首诗带着丰富的情感，所写意象生动形象，语言简洁明了，读起来清新且不拖沓，通过对春风、嫩芽、万物等意象的描绘，展现了春给万物带来的生机与希望，以及生命在春天中获得的启迪与梦想。至此，春便刻上生命与希望。

我愿称这首《春》是一首充满生命与希望的诗，让读者在品味中感受到春天独有的温柔，感受到探索生命的意义，感受到希望的光芒。当然，生活中的我们也应该珍惜每一个春天的到来，珍惜生命中每一个可以成长和实现梦想的机会。

春天

文/宋家伟

春天来了

积攒一冬的情怀开始释放

像草原的羊群

跟随着春风

去寻找新的希望

白天　去咀嚼新草

夜晚　去约会星光

我美丽的梦

挽着白云　系着月亮

走进金光四射的殿堂

听天籁的回声

听万物的合唱

释放情怀,春日逐梦

——评宋家伟的诗《春天》

文/沈璐容(深圳航空新媒体协会副会长)

这首以"春天"为主题的诗,开门见山,用"春天来了"简洁明了地宣告了春天的到来,预示着诗歌的情感正式开始传递。

紧接着,诗歌转入情感表达,"积攒一冬的情怀开始释放",形象生动地写出了人们此刻在面对春天到来时内心的喜悦与激动。"积攒"写出了人们的情感是在等待春天到来的日子里被慢慢收集而凝聚成的,而"释放"一词则写出了人们冬日的沉闷与压抑在此刻得到了彻底的释放。这种情怀的释放,为下文的深入埋下了伏笔。

"像草原的羊群/跟随着春风/去寻找新的希望",

这里用了比喻，把积攒释放情感的行为比作草原上羊群跟随春风的模样，形象生动地写出释放情感的快，也描绘出春天万物复苏的景象。草原上羊群的追逐，也暗示着人们在春天到来之后，如同这羊群一般寻找新的希望，坚定追逐梦想的决心。紧接着，诗人"白天　去咀嚼新草/夜晚　去约会星光"。用细腻的笔触写白天与夜晚羊群们的行动："咀嚼新草"是羊群对大自然的亲近，而"约会星光"则运用了拟人的修辞手法，形象生动地写出羊群的浪漫，为整首诗增添了浪漫的色彩。诗人把不同时间里同一主体做的事情放在一起，形成一种对仗，使读者感受到温暖。同时，这样的诗句也展现了春天里万物与自然的亲密接触，以及人们内心对美好生活的向往、对梦想的渴望之情。

诗的第二段则由"我美丽的梦"引出，写出梦是"挽着白云　系着月亮/走进金光四射的殿堂"的。梦的画面呼之欲出，通过白云、月亮和殿堂等意象，把个人的梦与春天的美景进行融合，表达了诗人对未来充满了美好的期待。而"听天籁的回声/听万物的合唱"则更是将春天的声音具象化,"回声"是诗人与春天对话后得到的回应,"合唱"则是万物在释怀后的喜悦之举。这样的描述让读者仿佛置身于美丽的大自然中,听着和谐的声音,感受春天万物的蓬勃与生机。

整首诗情感真挚,意象丰富且生动,语言优美,大有一种在读者面前展开春日画卷的意境。再读《春日》,感受春风下奔跑的羊群,看着它们咀嚼嫩草,等待星光的降临。听着天籁的回声,感受万物的契合,此时此刻,人们的情感获得释放,鼓起春日逐梦的勇气。从某种意义上而言,这绝对是一首充满正能量与希望的诗。

春天的雨

文/宋家伟

春雨　春雨

下个不停

仿佛有无数的悲伤

要彻底清洗

粒粒嫩芽

在雨中萌发

尽情地倾吐

一个冬天的委屈

春雨：生命的赞歌

——评宋家伟的诗《春天的雨》

文/沈璐容（深圳航空新媒体协会副会长）

《春天的雨》这首诗读起来朗朗上口，巧妙地将自然景象与内心情感进行融合，呈现出一幅既充满生机又略带哀伤的"春雨嫩芽图"，值得大家反复品读欣赏。

诗人开篇连用两个"春雨"，这种简单的重复意象，使得该诗如哼唱着歌曲一般，节奏变得轻快。紧接着，诗人引入春雨"下个不停"的情景，让人顿时仿佛置身于春雨里，感受到春雨绵延持续。这样的开头既营造了下文提及的哀伤氛围和对生命的赞美，也奠定了整首诗的情感基调。

诗歌接下来写"仿佛有无数的悲伤/要彻底清

洗",诗人把春雨推向更深层次的情感寓意,此刻的"春雨"不再是自然界的雨水,而是幻化成能够清洗"悲伤"的心灵净化剂。这种用自然界的降雨想象与内心的情感宣泄产生的紧密联系,使得春雨有了更深层次的意义。这里的悲伤是谁的?为何春雨要彻底清洗?诗人的留白,给读者足够的空间领悟诗歌中的奥秘。

紧接着,诗歌进行了巧妙的转化,从听觉转向视觉,用"粒粒嫩芽/在雨中萌发"这种强有力的视觉冲击,让人仿佛看到春雨中的嫩芽,感受到春雨从哀怨转向对希望的期许。从这简短的诗句里,可以看出诗人对生命里面自带的勃勃生机毫不吝啬赞美。诗歌中的"粒粒"写出了雨中的嫩芽屈指可数,而"萌发"则象征着新生与希望,即便希望并不是满满当当的,也足够让人充满期待,这种期待便是新生所带来的生命力。诗歌用"尽情地倾吐/一个冬天的委屈"来结尾,仿佛也在诉说着生命历经寒冬后,重获新生的喜悦与释然。把这两句诗句进行前后对比，可以看出，诗歌在情感上更加饱满，不仅有春雨的柔情与哀愁，还有生命的坚韧与希望。这样的对比，巧妙地把哀伤的氛围和对生命的赞美糅进一首诗里，让人感受到诗人情绪的变化。

这首诗适合在春的时节里反复品读，在感受大自然力量的同时，感慨万物静待新的生机，哪怕在冬的季节里受点委屈，那也是没关系的，毕竟希望终究会到来。这也提醒我们，人生只要保留希望，所有的委屈终会以另外一种方式宣告离去。诗里的春雨不仅让嫩芽把悲伤冲刷，把委屈宣泄，同时也见证了生命重生后的希望。

整首诗语言简洁明了，不存晦涩之意，意象生动鲜明，情感真挚动人。春雨与嫩芽的描绘，更是把自然界的美丽与神奇展现在读者面前。诗人通过这首诗传递了生命的坚韧与希望，让生命释放了压抑了一个冬天的情感，带着希望继续前进，这就是一首生命的赞歌。

老树

文/宋家伟

老树　它真的老了

在它浓密的皱纹里

我寻找童年的记忆

它的身材是那样粗壮

但叶片依然那样青绿

它高大而成熟

在狂风中　不再

躬下坚强的身躯

而是　挺直胸

挥动手臂

像一个胜利者

指挥着风风雨雨

一树一世界，一悟一境界

——有感于宋家伟老师的诗歌《老树》

文/花瓣雨（《中国女子诗刊》主编）

这是一首具有多重审美意味的短诗，一首诗宛如一幅三维立体画，在读者面前鲜活起来。老树既是大自然的杰作，也是生命的载体，更是一种文化和精神的传承。诗人通过细腻的笔触留下深刻的哲理，探讨了时间的痕迹与生命的韧性，正印证了一句名言：十年树木，百年树人。诗人表达出普通人的心声，必然引起读者的共鸣。

全文十二句，看似平铺直述，实则构思巧妙。起笔直抒胸臆，"它真的老了"，是感叹，也是疼惜，更是一种发自内心的敬佩。这里我不由得想起明代诗人丰越人的《老树》首句"百年老树倚柴门"，其饱经风霜的感慨与本诗有着异曲同工之妙。接下来，诗人以老树的外观为切入点，用拟人的修辞手法，表明其树皮如同老者脸上深深的皱纹，藏着无尽的故事与沧桑。

"我寻找童年的记忆"是全诗的亮点，诗人通过"寻找"这一行为，表达了对过往时光的怀念与追忆。这里老树是一个依托，仿佛整个世界都装在老树的怀抱里，那时的"我"曾在老树下嬉戏、攀爬等，给读者留下了想象的空间。老树历经岁月的洗礼，不断地成长壮大，从一棵幼苗长成一棵参天大树，这也预示着作者的成长和老树息息相关。

"它的身材是那样粗壮/但叶片依然那样青绿"是全诗的精髓，运用了鲜明的对比手法。其粗壮的身躯和青绿的叶片凸显了老树虽老犹荣的生命状态，强调树干如同历史的脊梁，支撑着岁月的重量，而叶片依然青绿，生机勃勃，彰显了生命力的不屈与顽强。随后，诗人将视角转向老树在自然环境中的耐抗力，特别是在狂风中，年轻树木可能因风力而弯腰，老树却能挺直胸膛，一圈又一圈的年轮展现出一种历经风雨后的从容与坚定。这不仅是物理形态的描述，而且是精神层面的升华。

结尾抵达一个高潮，意味深长。老树"挥动手臂"，就像一个经验丰富的指挥家，展现出胜利者的姿态。这一幕生动至极，不仅是对自然力量的敬畏，而且是对生命不屈精神的歌颂。

整首诗其实是一场人与树的和谐对话，老树就像一个导师，启示我们勇敢地面对生活中的挑战和困难，同时保持对自然、对生命的敬畏与热爱，这就是本诗的意义和价值所在。除饱含哲思之外，本诗也是重温情，老树是大地之诗，也是精神图腾，已成为一座连接过去和现在的桥梁，让我们在忙碌与喧嚣中找到一丝心灵的慰藉。一首诗，让我学会重新定义"老"这个字眼，谢谢诗人带来的感动！人与自然是命运共同体，让我们共同守护地球家园。

旅游

文/宋家伟

在站台上　捡起

一棵大树的影子

你在落叶上站立

月光在头颅中闪光

思绪从沉默中升起

火车的长鸣声

驶入你的梦境

秋风没有留下任何痕迹

你乘着列车

走过一个一个树影

落叶随风扬起

每一片起舞的叶子都是时光的驿站

——宋家伟的诗《旅游》赏析

文/别具二格（《花雨诗苑》副主编）

初读《旅游》这首诗，我还真未感到它的别致和独到。王国维先生曾说："一切景语皆情语。"于是我静下心来，从景入手，才豁然开朗。朴实的门楣，却隐藏着独特的风景，每读一遍，都为我打开一扇窗。一首好诗，就是无边的旷野，它允许你开荒、种稻，也允许你张开翅膀飞翔，允许你在自由的世界里，展示所有的动人心魄和静水流深。这就是诗歌最精妙的留白和共情，也是这首诗的成功所在。所有的章法和技巧都抵不过一首成功的诗作给人的艺术震撼。

诗的开头，诗人在站台上捡起一棵大树的影子，那一刻，整个宇宙仿佛都是诗人的王国。他可以发号施令，可以指点江山。是的，你没有听错，是一棵大树的影子，它让诗人在落叶上站立，让月光照进他的思绪，照亮人生的每一个足迹。

你不要以为这只是单纯而普通的旅行，火车驶过的每一个树影，都是风景的一部分。然而，当诗人站在站台上，捡起那棵大树的影子时，一切都变了。他开始在落叶上站立，感受着秋风的轻抚，组成人生旅程的分分秒秒，真实又不容置疑。当思绪从沉默中升起时，月光洒在头颅上，仿佛照亮了所有，那一刻，诗人看到了自己的灵魂在月光中舞动，闪烁着智慧的光芒，平凡而鲜活。每个人都是这个世上独一无二的风景。

就在诗人沉醉其中时，火车的长鸣声突然打破了这份宁静。它像是一条巨龙，闯入了诗人的梦境。诗人惊醒：秋风并没有留下任何痕迹。就像这时间，不管生活怎样颠沛流离，它一如既往地从我们身旁无声地划过，不会因为谁的离合悲欢而改变轨迹。

命运的痕迹在月光里斑驳。诗人依然站在那棵大树的阴影里。然后，意外发生了，他乘着列车走过一个又一个树影，落叶随风扬起，仿佛在为他送行。他看着那些树影，它们不再是普通的风景，而是变成了一个个故事，讲述着岁月的沧桑和生命的坚韧。

上车和下车，都是不以人的意志为转移的，生命的钟摆依旧墨守成规地嘀嘀嗒嗒，我们能想起的，只有秋风抚过的记忆。一份酣畅，一份旷达，应该是最好的乘车证。

就在诗人以为自己已经理解了一切时，火车的一个急转弯，让他瞬间惊诧。原来，那些树影并不是终点，它们只是生命旅途中的一个个站台。而他，还在路上，不再是那个在站台上捡起大树影子的人，他已经乘着列车，走过了一个又一个树影。但他知道，那些树影，那些落叶，那些光，都将永远留在他的记忆里、旅程中，是生活的一个个真实片段。在那个站台上，诗人曾与一棵大树的影子相拥共舞，曾思考过人生，曾感受过生命的美好。这就是旅行，这就是生活。

整首诗语言简洁,意象鲜明,诗人在现实和梦境之间往返,物我交融,给人如梦似幻的体验和感悟,令人深思。生活又何尝不是如此?站台和风景都在路上。

诗人用渗透主体意识的眼光,把人生路上的风景和体味展示得淋漓尽致。这首诗笔法平凡,意境非凡,确是一首值得揣摩和回味的好诗。

整首诗仿佛是一幅流动的画卷,让人在阅读中感受到旅行的美好和人生的意义。

常青藤

文/宋家伟

常青藤夜夜疯长

白日翩翩起舞

寻找攀缘的方向

一只彩蝶

向它问好

亲吻它的清香

一只小鸟

抓住它的臂膀

轻松地摇晃

终于有一天

常青藤围住了

南开的窗

我邀它进入

它很害羞

只是渗进了芬芳

日复一日　年复一年

它攀上了楼房

用绿叶覆盖了

整整一面红墙

藤蔓间的生命礼赞与岁月沉思

——读宋家伟的诗《常青藤》

文/周丽（中华儿童文化艺术促进会专家委员）

这首诗用细腻而生动的笔触，描绘了一幅常青藤生长、蔓延并最终覆盖红墙的壮丽画面。"常青藤夜夜疯长/白日翩翩起舞"，这两句通过鲜明的对比与生动的描绘，淋漓尽致地展现了常青藤蓬勃的生命力与高雅的姿态。夜幕下的疯狂生长，恰是其坚韧不拔、勇往直前的精神写照；白昼间的悠然摇曳，则为其增添了几分轻盈飘逸、优雅脱俗的美感。

"一只彩蝶/向它问好/亲吻它的清香/一只小鸟/抓住它的臂膀/轻松地摇晃"，借由彩蝶与小鸟的温馨互动，深化了诗歌的意蕴。彩蝶轻吻与小鸟轻摇的画面，勾勒出自然界中和谐共融的美好景象，传达了常青藤在茁壮成长过程中收获的关怀与喜爱。紧接着,"终于有一天/常青藤围住了/南开的窗"成为整首诗的转折点,标志着常青藤的生长历程迈上了一个崭新的高度。其中"南开的窗"深藏着崇高的精神追求和文化象征,而常青藤的萦绕与攀爬,则传达了对美好事物的不懈热爱与执着追求。

"我邀它进入/它很害羞/只是渗进了芬芳",运用拟人化手法,赋予常青藤以羞涩的情感色彩。诗人温柔地邀请它入室,而常青藤则以谦逊而内敛的方式,轻轻渗透出缕缕芬芳作为回应,这样的描绘生动传神,还深刻展现了其谦逊、内敛的高尚品质。

最后,"日复一日 年复一年/它攀上了楼房/用绿叶覆盖了/整整一面红墙",引领诗歌步入高潮,展现了常青藤历经时光雕琢后的非凡景象。它不仅奋力攀缘,触及楼房之巅,而且以繁茂的绿叶,温柔地覆盖了一整面红墙,绘就了一幅生机勃勃的画面。此等壮观,不仅是对生命力顽强与不可遏制的歌颂，也寓意着在岁月的长河中，美好与希望如同常青藤一般恒久不衰，持续向更广阔的天际蔓延。

本诗以细腻入微而又充满活力的笔触，精心绘制了一幅关于常青藤生长不息、蔓延无垠，并最终以郁郁葱葱的绿意覆盖古老红墙的辉煌图景。诗人以敏锐的观察力和深厚的情感，将常青藤从破土而出的那一刻起，直至它攀上高墙、覆盖其上的每一个细微变化，都刻画得栩栩如生，令人如置身于生机勃勃的自然之中。在这幅画卷中，常青藤不仅是生命力的象征，还是顽强与坚持的化身。它不畏风雨，不惧严寒，始终保持着对阳光的渴望和对生长的执着。诗人通过常青藤的形象，赞美了自然界中生生不息、勇往直前的力量。

红墙作为岁月的见证者，静静地伫立着，见证了无数的繁华与落寞。而常青藤的覆盖则是在告诉人们，无论岁月如何流转，美好与希望永远不会消逝。

读完这首诗，眼前似乎浮现了诗歌所描绘的画面。它让我在欣赏自然之美的同时,也在人生的道路上勇往直前,不断追求属于自己的美好未来。

海浪

文/宋家伟

辽阔的

大海的潮汐

海浪在追逐

漫过礁石的记忆

一浪盖过一浪

海浪没有归期

永恒追逐中的生命启示

——读宋家伟的诗《海浪》

文/周丽（中华儿童文化艺术促进会专家委员）

在宋家伟的诗歌《海浪》里，诗人将读者巧妙地引领至既辽阔又深邃的海洋世界。此诗凭借简洁而饱含力量的笔触，细腻地勾勒出海浪的浩荡不息与壮丽景象，同时深刻传达了海浪所蕴含的深远意蕴与哲理。

"辽阔的/大海的潮汐"，以宏大的笔触，精心勾勒出了大海的广阔无垠与潮汐永恒不息的律动，不仅奠定了全诗的基调，还预示着后续篇章中将深刻展现的——海洋与海浪之间原始而又深邃的紧密联系。

"海浪在追逐/漫过礁石的记忆"，这里，诗人用

"追逐"一词，形象地描绘了海浪不断前行、永不停歇的特质。而"漫过礁石的记忆"则暗示了海浪与礁石之间历经岁月洗礼的亲密关系。礁石见证了海浪的每一次冲刷，也承载了海洋的无尽故事。

"一浪盖过一浪/海浪没有归期"，将海浪的壮阔与无情特质刻画得入木三分。海浪一波接一波，连绵不绝，它们没有既定的归期，唯有不息地前行与无尽地追逐，充满力量与永恒之感，深深触动了人心。

在整首诗中，诗人避开了对海浪具体形态的详尽描绘，转而运用抽象与象征的艺术手法，深刻展现了海浪的壮阔气魄、不竭动力以及深邃内涵。这样的处理方式，使得读者在细细品味之际，能够深切地感受到海洋所蕴含的原始力量与神秘魅力，仿佛亲临其境，与海浪共舞，体验自然界的震撼。

《海浪》不仅是一幅细腻描绘海洋的画卷，还是一首深刻探讨生命、时间与永恒的哲理诗篇。海浪一浪推着一浪，恰似时间的脚步不停歇，生命轮回不息。每一朵跃动的海浪,都镌刻着时间的痕迹,它们的诞生与消逝,映射出生命既短暂又永恒的哲理。海浪以汹涌的力量猛烈撞击礁石,每一次拍打,都成了生命面对挑战时坚韧不拔、斗志昂扬的隐喻。

本诗还以海浪与礁石的互动为喻,向我们揭示了自然界中和谐共生的深刻哲理。礁石以其稳固不移的姿态,见证了海浪的每一次冲击与变化,海浪则以其无尽的活力与创造力,不断塑造着礁石的形态与轮廓。这种相互依存、相互影响的关系,是大自然中奇妙的平衡状态。

这首诗无疑是宋家伟对海洋深沉情感的抒发,也是他对生命和时间的深刻思考。

区别

文/宋家伟

一对恋人的夜晚

一对仇人的夜晚

一种是甜蜜

一种是震颤

二元对立的生活体验

——读宋家伟的诗《区别》

文/周德龙（《诗文化》杂志社社长）

生命中有很多留白，但只有一种留白是不可言说的，那就是情感，它永远是一个主旋律，即便它已缺席或奔赴在途中。

哦，常常是同一个夜晚，我们顶着同一片天，拥有着同一片月光，但由于关系的转变而各不相同。恋人的夜晚是甜蜜而浪漫的，仇人的夜晚是震颤而敌视的。无论结果怎样，情感都是一根导火索。剧作家柯灵说："笑是感情的舒展，泪是感情的净化。"其实，所有的情感都是一种缘，就像弘一法师所说："缘起，我在人群中看见你；缘灭，我看见你在人群中。"

读完宋家伟的《区别》这首诗，我有了很多感触：身份的转换，让"恋人"转换成了"仇人"，让"甜蜜"转换成了"震颤"，这个"区别"的对比很有意思。你看，这首诗的留白较多，给读者的思考空间也很大。"一对恋人的夜晚"，会给读者很多遐想。"一对仇人的夜晚"，遐想便开始升级。而这中间，就隐藏了很多故事。

《区别》这首诗，应该属于微型诗的范畴。要知道，诗歌字数越少，对意境的要求就越高，从而更难创作。从这里，我们不难看出诗人诗歌创作技法的娴熟，以及驾驭文字的功力，这些都是不可小觑的。那是平静中有波澜，静止中有动。就像文学泰斗鲁迅先生所说："不在沉默中爆发，就在沉默中灭亡。"这种发力式的发声，透过灵魂本体，贯通流水般的生命，让字句变得鲜活起来！

人世间最能达意的智慧，往往就是大道至简。这是因为拥有朝圣者之心，才是一切证悟的开始。譬如婴儿的眼睛是最明亮的，同时又最具灵性。

一首好诗的本质，在于写诗人崇高的境界，以及其内核所散发出来的不凡气质。这些既是撞击心灵的砝码，也是诗人的利器。

诗歌是字数上的减法，同时又是意境上的加法。我们会从这短短的几行诗句中洞见诗人的本心，也能在意象的转换中读懂情感的升华。

对偶，这种修辞手法在古诗词中是常见的，但在现代诗中进行化用，是不多见的。

我们需要把一颗安静的心植入诗中，去探究诗中的真谛，切不可浮于表层。我们要学会用无声的方式，与文字交流，与作者交流，也与自己交流，这样才能让自己的灵魂与另一个灵魂碰撞出力量。这是一种神交。

诗歌的魅力在于"看破不说破"，更多的时候是欲言又止或点到为止。这是一种禅，也是一门学问。它更像偈语，总能在字里行间透出生命的密码，让人们在自我意识中觉醒！所以，我们热爱那些击打灵魂的句子，热爱那些为诗歌而骄傲的人，也愿意为分享一首好诗而感动!

呵,原来,赏读一首诗也是一种境界!

树和小鸟

文/宋家伟

树在和风中长高

鸟在飞翔中变小

一环连一环的年轮

和时光赛跑

黄叶飘落

铺成通向未来的跑道

鸟儿　终于落在了树上

有时　枝叶枯黄

有时　枝叶繁茂

时间缝隙里储存的哲思

——读宋家伟的诗《树和小鸟》

文/周德龙（《诗文化》杂志社社长）

诗句中的禅性，往往是来自某个事物的意象或属性，是生活的一种折射。此间，诗人在一字一句中使其复活。

能够触动心灵的句子，往往出自一个灵魂与多个灵魂的碰撞。我们会从一棵树里，洞见成长的年轮；我们也能从一只鸟的世界中，识别出天地的广阔。自我突破是本体的光，外界的助力是光与影的重叠，这些都是成长的力量。

黄叶是一个人的年轮，也是时光成熟后的故事。此刻落入生命的，都是曲折过后的风景，这一定是为后来者铺就的路。

人生是起伏的音符，里面有飞翔的鸟，而这奔赴蓝天的鸟，总归要回到它的巢。就像落叶要归根，游子要归乡，这是一种归宿。我们总会在某个觉醒的时刻，在季节的变换中读懂某个人或某个地方。

读宋家伟的诗《树和小鸟》，我看到了诗人借树与鸟来诠释生活的艺术表达，以及诗中所蕴含的人生哲理。诗人文笔稳健，节奏通达，行文如流水，质朴中有惊雷。他是以"灵魂为笔，万物为墨"的思想意识来为生活增色，为岁月高歌。我们不难看出诗人是有故事的人，他在时间的流水里勾勒着他的声音、他的形象，以及形象中的每一次触动。

诗歌的妙处是万物皆有语言，万物皆是你我，以物言志，以志达情。仿佛一棵树就是一个家、一个故乡，仿佛一只鸟就是一个人，就是一个可透视的灵魂。诗句中没有华丽的辞藻，却有着精彩的内核，这也许就是生命的韵脚。

当我们着眼入心，走进诗中时，我们好像也有了可视的年轮，可能也有了飞翔的翅膀。就在短短的诗句间，我们经历到了从低到高，又从高到低的起落，譬如从晨风到晚露。

没有人知道，包裹在躯体里的灵魂，有过怎样的泪痕。也没有人知道，透过纸张有多少文字是留白的一部分。而这些，恐怕诗人自己也不能一一解答。我们只知道，他完成了生命的一部分，也完成了诗的一部分，像被拨响的琴弦，在一些读者的心中开始回响！

所有的回响，都是对人间的致辞：在初度的襁褓中，在黎明的破晓前，在梦想被点燃的那一刻，在身心回归家园的某个时辰，在那些字句里，一个婴儿开始长成一个成年的智者！他开始坐拥山水，成为一棵树，一只鸟，一个自带光明的人！

他用他所能触及的方式，让人走进他的世界，也走进自己的世界。他正用一种与众不同的爱，去传递另一种爱，借诗歌的旋律，以及禅性，托起一个个明天。这大概就是一个诗人的使命吧,从落笔开始,这种使命就具有了一种不平凡的宿命:这是一种向死而生的、带着光的、一直在燃烧的烛火!

大湖

文/宋家伟

湖　很久的平静

被风吹皱

一波连着一波

静静地歌唱温柔

湖　很久的涟漪

被雨淋透

一层叠着一层

轻轻地抚平忧愁

情感波动中的艺术沉思
——读宋家伟的诗《大湖》

文/房兆玲（中国人民大学硕士）

著名评论家谢冕教授说过,"诗人应当通过自然景象揭示出更深层的情感与思想"。诗人宋家伟的《大湖》正是通过湖与风的互动,将外在的变化与内在的情感波动联系在一起。这首诗表现了诗人在自然与情感世界中的双重探索,通过精练的语言和层层递进的情感表达,成功塑造了一个情感与自然互动的诗意空间,表达了对生命中微妙变化的细腻感受。这是一首极具诗意和哲思的现代诗,蕴含着对自然与人类情感的深刻观察。

《大湖》在形式上简洁有力,仅由八行构成,分为两部分,每部分四行。"湖　很久的平静/被风吹皱"是全诗的开篇,也是主题的引入。湖象征着内在的宁静,诗人通过湖的平静与风的冲击,描绘了自然界中细微而深刻的变化和情感的逐步深化与延续。诗歌的前四行描写风对湖面的作用,风吹皱了湖的平静,带来了"一波连着一波"的涟漪。层层涟漪象征着外界力量对内心的影响。后四行则转向雨,雨滴落在湖面上,抚平了涟漪,带来平静与治愈。风和雨的交替使诗歌形成了一个完整的情感循环——从波动到宁静,再从宁静到治愈。

本诗以自然景象为描写对象,湖的平静被风吹皱,涟漪一波波蔓延,面对风的侵扰,湖并没有剧烈的反应,而是"静静地歌唱温柔"。涟漪本身就是湖面的波动,象征着内心情感的轻微起伏,而雨的出现,仿佛是外界情感的渗透或心灵的抚慰。诗人在情感的传达上极为内敛,却充满了力量。"湖 很久的涟漪/被雨淋透",进一步深化了情感的表达。雨滴落入涟漪,不是激起更大的波澜,而是"轻轻地抚平忧愁",雨作为外界的自然力量,并没有表现出侵袭的感觉，反而成为抚平内心创伤的媒介。

《大湖》中的湖、风、雨三个意象，构成了诗的基本生态系统。诗人通过自然元素表达了对生命、情感与自我认知的思考。"湖"是平静的象征，然而这种平静并非永恒不变，风的吹皱和雨的淋透暗示了生活中不可避免的忧虑和干扰。风象征着外界不可控的力量，它打破了湖面的宁静，像生活中的突发事件，让诗人内心产生波澜。而雨则象征着治愈与安抚，它带来了新的变化，却又在涟漪的层层递进中，逐渐消解了内心的不安与忧愁。这种象征意义不仅赋予了诗歌更深层次的哲学思考，也让读者能够在诗歌中找到情感共鸣。

全诗以极其简练的语言塑造了丰富的意象和情感。湖、风、雨这些传统意象，在中国诗歌史上屡见不鲜，但诗人在此基础上进行了形式与内涵的创新，通过诗人的细腻描写，具有了多层次的象征意义。诗歌中的每一句都经过了精心的推敲，没有任何冗余的修辞。短短的八行，既描绘了自然中的景象变化，也展现了情感世界中的变化过程。特别是在"轻轻地抚平忧愁"中，诗人将治愈的力量表现得如此轻盈，几乎不着痕迹，让人感受到温柔的情感力量。这样的语言运用，不仅使得诗歌读来流畅自如，还增强了诗意的含蓄与张力。

《大湖》篇幅极为简短，与传统的长篇抒情诗不同，宋家伟通过现代诗的自由形式，在短小的篇幅中传达出深刻的思想与情感，而且诗歌的情感表达极为内敛，呈现出现代主义诗歌常见的克制与隐喻。诗中没有直接表达情感波动的痛苦与挣扎，而是通过自然界的风、雨、涟漪，间接地传达诗人对情感的思考与体验。这种传统与现代的结合，既保留了中国诗歌中对自然的细腻观察，又融入了现代诗中对个体情感的探索与表达，体现了诗人在形式与内容上的双重创新。诗人以"湖"为主体，通过风与雨、平静与波动的交错描绘，将大自然的律动与人类内心的情感联结在一起，形成了一幅静谧而富有深意的诗意画卷。

日子

文/宋家伟

西瓜裂开的声音

就如冰河的破碎

反季节的笑靥

让一切都融进陶醉

没有春夏的痕迹

没有流逝的泪水

绿色的草地上

打个滚

心就沉入酣睡

诗意里的人间烟火

——读宋家伟的诗歌《日子》

文／罗占艳（《雨嫣文学》杂志社社长）

品读一首诗，首先会从主题的直观性的表达进入诗性现场，顺应诗人诗意的延展，感受到作品表达的主旨与读者之间产生的共振。诗歌首句"西瓜裂开的声音 就如冰河的破碎"，用夸张的手法以小见大，从弱到强地反衬出我们内心的脆弱，一个小小的声音就能令我们的灵魂震颤。关键这"反季节的笑靥"的意象充满对生活的反衬与自省意识，带有文字的意趣，让人不知不觉地沉醉其中。

日子是一个大概念，罗列广泛，吃喝拉撒睡，行立坐卧走。作者却能从一个细小的环节入手，揭示生活的真谛，我们常常会掩饰自己的内心，默默流泪，在无数个夜晚失眠。所谓"水到绝处是风景，人到绝处是重生"，生活不易，每个人背负的不仅仅是家庭的责任，还有社会的责任以及国家的责任。诗言志，我们在琐碎的日子里还能保持写诗这样一种爱好，保留这样一方心灵净土，用诗对抗现实的残酷，作为一种精神支撑，实属不易。所以，诗歌是有灵魂的，它融入了作者的思想、情感以及对生活的理解，代入感极强。经历和阅历是写作的素材，这就要求我们平常要善于观察生活，挖掘生活，日积月累，提炼主题。我常常认为诗就是作者，作者就是诗，人诗互证，天人合一。

写诗应注重写实，因为只有打动自己的作品才能打动别人。诗歌不是华丽辞藻的堆砌，而是用最平实的语言阐述最深刻的道理，指导生活，引领生活，传递正能量。诗人即是如此。

春种秋收，一个成熟的西瓜一定有着不容忽视的生长过程，接受阳光雨露的滋养，也接受狂风暴雨的洗礼，瓜熟蒂落即是完成了自己一生的使命。

这多么像我们从呱呱坠地那天起,经历年少、年轻、年长和年老的过程,尘归尘,土归土,一切归于虚无。仿佛从未发生什么,也从未带走什么,心安即是道。

此诗以西瓜贯穿全文,融入细微的生活,阐述生命从生长到衰败的过程。西瓜喂养了我们的身体,正如诗歌滋养着我们,换句话说,文字就是我们的精神食粮。如何让一首诗具有长久的生命力?这就需要我们平素里笔耕不辍地训练,积累素材。书到用时方恨少,博览群书,多读多写多看多练,写作水平一定会得到提高。

诗歌的创作源于生活的积累,它是滋养我们心灵成长的文字,不吐不快。长期以来,只要我们与文字相互依偎、共同取暖,生活就会破釜沉舟、披荆斩棘。每一个闪亮的日子都是诗意的存在,把日子过成诗,既是诗人也是所有诗歌爱好者共同追求的目标。

故此,我们要深入生活,挖掘现实的素材,提高我们的生活品质,也满足我们的精神需求。做一个诗外有生活,生活中有诗的灵魂歌者。让我们左手生活,右手诗歌,在宋家伟的《日子》中照见智慧。

寂静

文/宋家伟

飞鸟无声地飞行

击破了大山的寂静

心静静地感受

深谷的迷茫和严峻

突然鸟一声啼叫

才延伸了群山的空旷

才升腾起悬崖的神灵

在静谧中寻觅生命的回响

——读宋家伟的诗《寂静》

文/翁德云（黄石作协会员）

《寂静》一诗，以其独特的视角与深邃的意境，勾勒出一幅静谧而又生动的自然画卷，引领着读者穿越于宁静与有声、迷茫与觉醒之间，去探寻自然与生命的奥秘。这首诗不仅是对自然界中"寂静"这一状态的形象描述，更是诗人内心情感和哲理思考的深刻表达，让人在品味中感受到自然与生命的神奇力量。

"飞鸟无声地飞行/击破了大山的寂静"，即以一个充满悖论的画面，一下子就抓住了读者的心。飞鸟作为自然界中自由与灵动的象征，飞行时本应伴随着翅膀拍打的声响，但在诗人笔下是一种"无声地飞行"的奇异景象。这一设定，不仅打破了常规的认知，更是以一种巧妙的方式，让"寂静"这一抽象概念得以具象化。同时，诗人还以对比的手法，将宁静与灵动、无声与有声融合在一起，于无声处"击破了大山的寂静"。这种击破，并非对寂静的破坏，而是对其边界的拓展，是生命在静谧中的悄然生长与蔓延。

"心静静地感受/深谷的迷茫和严峻"在整诗中起着重要的承转作用。随着诗行的深入，诗人的笔触由外在的自然景象，转向了内在的心灵世界，通过"心静静地感受"，建立起读者与诗歌深层情感的联系。后句"深谷的迷茫和严峻"既是对外在环境的描述，也是对人心深处未知与挑战的隐喻，不仅展现了自然界的壮丽景象，更揭示了人类在面对自然世界时的内心挣扎与成长。这种内心的对话让我们认识到，真正的寂静并非外在环境的无声无息，而是内心世界的平和与宁静，是在迷茫与严峻中依然能够保持坚定的力量。

"突然鸟一声啼叫/才延伸了群山的空旷/才升腾起悬崖的神灵"是诗歌的高潮部分,也是整首诗的灵魂。鸟的啼叫,仿佛是力量的释放,使得群山的整个空间显得更加辽阔。更具意义的是,这一声啼叫,仿佛是生命的呐喊、生命的觉醒与升华,让群山的空旷不再只是停留在视觉上,而是成了心灵的广阔和自由的象征。同时,这一声鸟的啼叫还"升腾起悬崖的神灵",似乎在悬崖之巅唤醒了某种超自然的神奇力量。"神灵"这一意象的植入,将诗歌的意境推向了更高的层次,为诗歌增添了一抹神秘与庄严的色彩,让人感受到一种超越现实的精神冲击。

《寂静》一诗以简洁而富有力量的语言,通过飞鸟、大山、深谷、悬崖等自然元素的匠心组合,构建了一个既静谧又充满生命力的意境空间。这首诗不仅是对自然之美的颂扬,更是对人类精神世界的深刻领悟,为我们在迷茫与觉醒之间提供了一扇通往生命本质的窗户。诗歌篇幅简短却意蕴隽永,语言简洁却富有力量,洋溢着一种淡淡的哲思与浓浓的诗意,堪称佳作。特别值得称道的是,诗的结尾并未直接给出点睛式的答案,而是以一种开放而深邃的方式,让读者在回味中继续探索,在静谧中寻觅生命的回响。

露珠

文/宋家伟

太阳刚刚醒来

就用一缕阳光

和露珠亲吻

于是　露珠折射出

一个透明的清晨

打破思维固性，反其道而行，于反差中达成诗意

——浅析宋家伟诗歌《露珠》

文/高月翠（《花雨诗苑》主编）

诗歌是药，医人，自医。《露珠》虽短，却包罗万象，蕴含人生百态。露水作为一种自然现象，因其特殊性，常被人们拿来做各种各样的比拟。

众所周知的"人生如朝露"，说的就是人生短促，如早晨的露水，转瞬即逝。这既有对岁月流逝的感叹，又有不甘和无奈等复杂情绪的交织纠缠，无论是哪一种，只要一说到"露水"，第一反应就是生命的脆弱和短暂，不免要唏嘘一番。

而这首小诗颠覆了我潜意识里固有的认知。短短的五行，诗人呈现出来的是一种积极乐观的个体生命体验。还是那滴露，还是那个太阳，诗人赋予

它们以人的生命和情感，像一种双向奔赴的爱——"醒"来的一个"吻"，回应的是"一个透明的清晨"，读来让人精神为之一振，有瞬间被治愈的强烈反差。

诗是一种感觉，一种态度，是借物象的一种低吟浅唱。诗人用词造句看似随意，实则动了很多心思的。在物象的选择上，诗人没有涉及太多，也没有过多的铺垫渲染，起笔便直奔主题，依托物象表情达意。

打破常规，另辟蹊径，是这首诗的一大特色。诗人一改以往文人墨客对"露水"这一意象的一唱三叹，更像是在勾勒一幅粗线条的素描画，其细节可观，可触，可感。

诗歌创作中，或许有精通诗歌炼金术或手握诗歌修辞密钥的人。但我想说的是，诗歌从来不以华丽的语言来取悦，反而是那些语言朴素沉稳、情感含蓄真挚、接地气的诗歌，更能引发与读者的情感共鸣。

诗人用另一只眼睛看世界，打破已有的思维认知，反其道而行，于反差中谋求诗意的达成。

重新回到这首诗中，"太阳"是光明和美好的代名词，给我们以指引、照耀；"阳光"不仅仅是诗人对客观的一种陈述，其深层次的象征和寓意才是诗人要传达的。"露珠"作为低层级的生命个体，折射出的"透明的清晨"何尝不是一种人生态度！诗人是旁观者、在场者、践行者。

以景寄情，融情入景，点面结合。在这首诗中，"阳光"是引子，"露珠"是载体，两者相辅相成，缺一不可。如何处理好它们之间的关系？这不得不归功于诗人驾驭词语的能力。惜字如金，字字珠玑，由点到面，又回到点。

白描作为一种艺术手法，被诗人信手拈来，运用自如。清晨的寂静，因"太阳"的"醒来"，和"阳光"的一个"吻"而被打破，以声衬静，轻松愉悦的心情不言而喻，那份对大自然的喜爱和赞美跃然纸上。

好的东西固然千载难逢，但有时只是缺少一双发现的眼睛，一个会思考的大脑。当你从千篇一律的审美疲劳中抬起头时，这样的小诗就像一股清流，干净，不染尘埃。

无论从修辞手法、表现手法、表达技巧，还是诗人的情感态度等方面来说，这首诗都值得反复咀嚼。

星空

文/宋家伟

还没有　看清

星星的婚礼

夜空

已合拢

留给我

一个无解的谜

短诗的情感表述的内涵和外延

——评宋家伟的诗《星空》

文/素心（中国自然资源作家协会会员）

在这首名为《星空》的短诗中，诗人以精练而富有韵味的笔触，为我们描绘了一幅神秘而令人遐想的诗意画面。诗的开篇，"还没有　看清/星星的婚礼"，瞬间将我们的注意力引向遥远而璀璨的星空。"还没有　看清"充满了遗憾和渴望，中间的略微停顿，加强了诗人和读者此时的内心感受。短短的几个字，情绪上的递进已经把人带入了浓郁的诗歌氛围当中。这就是短诗不同于长诗的魅力，短诗没有足够的篇幅来逐步铺垫和展开，需要瞬间抓住读者的注意力，需要用简洁而有力的语言触动人心。这就对诗人的语言驾驭能力和表达技巧提出了更高的要求，要在寥寥数语中创造出强烈的艺术感染力。

接下来诗人仿佛急切地想要窥探星空深处的秘密，却未能如愿。而"星星的婚礼"这一独特的表述，赋予了星星以生命和情感，让它们不再是冰冷遥远的天体，而是充满浪漫与喜悦的主角。这里"星星的婚礼"是一个极其美妙的意象，它象征着人类对未知的浪漫想象和向往。星空本身充满了未知，而将其想象成一场婚礼，反映了诗人火热的内心和丰富的情感追求，表达了诗人对神秘宇宙的热爱和探索精神，也是诗人浪漫主义情怀的真实写照。

然而，诗人尚未能完全领略这一盛景，"夜空/已合拢"，这一句简洁而有力的描写，制造了强烈的矛盾冲突。夜空的合拢，仿佛是一场盛大演出的落幕，又像是一个神秘世界的关闭。"夜空"在这里不仅仅是物理上的黑暗空间，更成为阻碍人们探索未知的屏障。

诗人最后以"一个无解的谜"收尾。这个谜是什么呢？是关于没有看清的星星的婚礼，还是关于浩瀚星空所蕴含的无尽奥秘呢？似乎都有。诗人在告诉我们，人类在宇宙面前是如此渺小，好多事情都是无解的。但也正是这种未知，才激发了人类不断探索、不断思考的欲望。我认为"一个无解的谜"是一语多关的，这一句才是这首短诗最富有哲理的存在，会让人生发无限的联想和探究欲望。或许，这个无解的谜将永远存在，但正是因为有了这样的谜，我们才有了不断追求真理、不断探索的动力。

从艺术手法上来看，这首诗短小精悍，却饱含着深刻寓意。诗人以星空为背景，将抽象的未知和神秘具象化为"星星的婚礼"，使读者能够更直观地感受到那种美好与神秘的交织。同时，诗人通过"还没有　看清"和"夜空/已合拢"，营造出紧张的节奏感和强烈的失落感，增强了诗歌的感染力。

在情感表达上，诗中既有对未知的好奇与向往，又有因无法洞悉而产生的无奈和迷茫。这何尝不是诗人对自己未来命运的疑惑呢？婚礼通常被视为幸福和美好的象征，"星星的婚礼"可远观，却不可触摸。我想，这也是诗人想要传达给我们的对于未来的一种不确定性，希望以此得到读者的共鸣吧！其实，我们完全可以理解为这是这首短诗的情感外延所在，是浪漫主义照进现实的具体表现。

总的来说，《星空》这首诗以其独特的视角、深刻的内涵和简洁的文字，引领我们走进了一个充满神秘的未知世界。它让我们在短暂的文字中感受到了宇宙的无限魅力，也让我们对自身的存在和认知有了更深入的了解和思考。

我以为……

文/宋家伟

我以为

这只是一种质朴的亲近

当意识到

这是神圣的爱情

风已把这眷念

吹成遥远的浮云

对爱情本质与心理变迁的探索

——宋家伟的诗《我以为……》赏读

文/黄长江(《今日文艺报》总编辑)

《我以为……》以其简洁而深邃的语言,成功地引领读者进入了一个关于爱情、认知与心理变迁的深刻思考空间。这首诗以"我以为"开头,构建了一个认知的起点,也为全诗奠定了一个探索与反思的基调。整首诗由六行组成,每行字数不多,但信息量极大,形成了简洁与深邃的完美结合。这种结构上的简洁,不仅使得诗歌易于诵读与记忆,更在有限的字数中蕴含了无限的深意,让读者在反复品味中逐渐领悟诗歌的真谛。

诗中的"风"与"浮云"是两个重要的意象。风,作为自然界中无形的力量,象征着时间的流逝与情感的变迁。它吹散了"眷念",也吹走了诗人对爱情的初步认知,揭示了爱情的复杂与多变。而"浮云"则象征着爱情的虚幻与不可捉摸。当诗人意识到自己的爱情并非简单的亲近,而是神圣的爱情时,这份爱情却已经像浮云一样,被风吹得遥不可及。这两个意象的运用,不仅增强了诗歌的意象美,也深化了诗歌的主题。

诗人并没有直接抒发自己对爱情的热烈追求或失去爱情的痛苦,而是通过"我以为"与"意识到"的对比,以及"风"与"浮云"的意象运用,间接地表达了自己对爱情的复杂情感。起初,诗人以为爱情只是一种质朴的亲近,但随着时间的推移与情感的深化,诗人逐渐意识到,爱情并非如此简单,它是神圣而复杂的情感。认知的转变,不仅体现了诗人对爱情本质的深入理解,也揭示了人类在爱情中普遍存在的心理变迁过程。这种含蓄的情感表达,不仅使得诗歌更加耐人寻味,也给了读者更多的想象空间与情感体验空间。

这首诗可以看作是对爱情哲学的一次探索。它涉及爱情的认知、本质、变迁以及人类在爱情中的心理状态等多个方面。诗人成功地构建了一个关于爱情的哲学思考空间,让读者在品味诗歌的同时,也能够对爱情有更深入的理解。

接受了你

文/宋家伟

接受了你

就接受了月亮的升起

又是复活节了

又是沙沙细雨

一片云彩遮住了月光

情话流淌成小溪

接受了你

就接受了月亮的含蓄

又是圣诞节了

又是雪花飘逸

一片雪花盖住了雪松

情话凝结成希冀

跨越四季的心灵交响

——宋家伟的诗《接受了你》之深情解读

文/黄宇辽（《广西之窗》承办人）

《接受了你》这一简洁有力的作品的主题，奠定了全诗的情感基调。接受一个人不仅仅是对其外在的认可，更重要的是对其内在世界的理解与认同。这种接受超越了简单的喜欢或者爱慕，而是一种深层次的心灵契合。

在情感表达方面，诗人选择了两个具有象征意义的节日——复活节和圣诞节作为时间线索。复活节象征着重生与希望，而圣诞节则代表着温暖与团圆。这两个节日不仅赋予了诗歌浓厚的文化氛围，还通过它们所承载的意义，进一步丰富了诗歌的情感层次。复活节的"沙沙细雨"与圣诞节的"雪花飘逸",既是自然景观的描绘,也是诗人内心世界细腻情感的流露。

《接受了你》巧妙地利用"月亮"作为贯穿全诗的重要意象。月亮在中国传统文化中常常被用来比喻女性或爱情,它既温柔又神秘,恰如其分地反映了爱情中那种朦胧而美丽的感觉。通过"月亮的升起"与"月亮的含蓄",诗人不仅展现了爱情的多面性,还暗示了爱情如同月亮一般,有着自己的阴晴圆缺。

"一片云彩遮住了月光"和"一片雪花盖住了雪松"这两处细节描写,通过对比的手法,强化了爱情中不可避免的小波折与遗憾。云彩遮住月光,雪花覆盖雪松,这些瞬间虽然短暂,却给人留下深刻的印象。它们提醒我们,即便是再美好的感情,也可能遭遇挑战,但只要心中有爱,就能克服一切困难。

"情话流淌成小溪""情话凝结成希冀"两句中,诗人将无形的情话具象化为"小溪"与"希冀"。小溪象征着爱情中绵延不绝的甜蜜话语,而希冀则是对未来美好生活的向往。这样的处理方式不仅丰富了诗歌的内涵,也让读者能够更加直观地感受到爱情的力量。

从结构上看,诗歌采用了重复句式结构,即"接受了你……接受了你……"。这种反复出现的句式不仅增强了诗歌的节奏感,还起到了强调主题的作用。每一次重复都像是情感的一次累积,直到最后达到高潮,给人以强烈的共鸣。每一行诗句之间都有着微妙的音韵变化,读起来流畅自然,宛如一首动听的歌曲。

从《接受了你》所使用的节日(复活节、圣诞节)以及自然景象(月亮、雨、雪)来看,我们可以感受到跨越时空的普遍情感。无论是在东方还是西方,人们对爱情的理解和追求都是相通的。诗人通过对这些共通元素的运用,创造了一个超越文化和国界的精神家园,让不同背景下的读者都能从中找到共鸣。它不仅仅是一首表达个人情感的诗歌,还蕴含着更广泛的社会意义。在当今这个快节奏的时代，人们往往容易忽视彼此之间的真挚情感。这首诗提醒我们，在繁忙的生活之余，不要忘记停下脚步，去珍惜身边的人，去感受那些平凡生活中的美好瞬间。

《接受了你》是一首充满诗意与哲思的佳作。它不仅展示了作者深厚的文字功底，更传递了关于爱情与生活的深刻见解。这首诗通过细腻的情感刻画和丰富的艺术手法，带领读者进入了一个温馨而又梦幻的世界。它告诉我们，真正的爱情需要相互理解与包容，只有这样，才能共同走过每一个春夏秋冬，见证生命中最美好的风景。

五月悲歌

文/宋家伟

五月是雨期

风是湿的

没有阳光　只有哭泣

五月浸满泪水

鸟儿在盘旋

鸟巢已被雷电击碎

不知在何处栖息

短诗抒情下的大视野

——评宋家伟短诗《五月悲歌》

文/彭流萍（《离骚》诗刊主编）

长诗如洪钟大吕般响彻天宇，短诗又如灯豆之火，微而不小，亮而不灼，闪烁着哲思与人性之光！宋家伟先生的这首小诗，寥寥几句，却具有悲天悯人之情怀，同时也抒发了世相之思。该短诗虽然在形式架构上仍保持传统模式，用了比较陈旧的表达程式，但其后半部分金句频出，具有一定的隐喻性。

五月与四月不一样，五月的文学色彩比四月稍有减弱。譬如说，"你是人间四月天"一句，它出自民国时期诗人林徽因于1934年创作的一首现代诗。从此，对于四月天，有无数读者或文人雅士将其当作一种文化标签，甚至是季节的美好象征。宋家伟的这首"五月天"从主题和结构上来看,与其截然不同——

诗人以"五月是雨期"开篇,直抒胸臆,点题入境,时间及气候清晰明了。五月,象征着青春与活力、激情与希望。它是一个朝气蓬勃的月份,代表着一种气象,寓示着全新的希望。时令到了五月,万物生机勃勃,充满了原始的欲望及表现力。然而,诗人"反其道而行之"。为什么呢?我们从该小诗的题目中就可窥一斑而知全貌。"五月悲歌",悲从何来?歌,他又为谁而歌呢?

我认为,解读《五月悲歌》需要有三个结合:一是要结合诗歌的语言和语境及语态;二是要结合诗文的内核,比如说第二部分;三是要结合作者本身的人生阅历及创作动机。当然,诗歌本身无既定框架与母题定式。

就如著名评论家陈超先生所言:"诗歌不需要你懂,需要你懂什么?!"诗歌最关键的是语言,最核心的是思想的通透性。就这首小诗来说,第二行

"风是湿的"，这是语言的美，也是诗意的再造。即便如此浅显，但其仍有诗的特质，同时也为情感氛围营造了一种伤婉的处境。第三行，"没有阳光 只有哭泣"，仍是直抒胸臆，作者通过上半部分的描写，营造了一种伤感的氛围，潮湿、低沉、阴郁，难免使人心生悲凉。正是因为有了前三行诗的铺垫，后面的主题才更加鲜明与集中。

"五月浸满泪水/鸟儿在盘旋/鸟巢已被雷电击碎/不知在何处栖息。"该诗作一共七行，然而，最令读者能感受到的诗眼是什么呢？究竟是什么原因能产生共情？我想，就是"鸟巢已被雷电击碎"这种痛彻心扉的碎裂感、压迫感、无助感比较显著。除此以外，这首诗表象是写五月悲歌，实则向外界生发了一种对世相的深刻洞察。这就是说，我们写"鸟巢"而不只是写"鸟巢"。宋家伟的这首诗具有当代性的先锋抒情，也不乏传统文化的影子。综上分析，客观评价这首诗，虽然该短诗在表现形式上略输一筹，但其仍有较深刻的人文意义。这种意义建立在宋家伟的现实主义诗歌情怀之上,他通过小切口反映大主题,通过小叙事反映大纵深,深刻敏锐地揭示了一种诗意的人文关怀精神!

忧郁

文/宋家伟

走进高楼林立的城市

我心颤而忧郁

飞奔的车流

滑过一道道弧线

就杳无踪迹

走过斑马线

对面却是一堵墙壁

所有的眼睛

都闪着敌意

所有门槛

都能决定我的一生

悲伤由此而升起

可我已无路可走

虽然城市的道路

如蛛网细密

我　迎着红绿灯

去寻找无言的哭泣

现代都市人的内心独白与情感挣扎

——读宋家伟的诗《忧郁》

文/傅志宏（华语作家网总编辑）

《忧郁》是一首深刻反映现代城市人内心情感与生存状态的诗歌，以独特的视角和细腻的笔触，描绘了自己在高楼林立的城市中穿梭时，内心所经历的战栗、忧郁与迷茫。诗歌以"忧郁"为题，直接点明了全诗的情感基调。诗人通过描绘自己走进城市，面对高楼、车流、斑马线等现代城市元素时的内心感受，表达了对现代城市生活的疏离感与无力感。这种忧郁的情感，不仅源于城市的喧嚣与冷漠，更源于诗人内心深处对自我价值与归属感的追寻与迷茫。

诗歌中充满了丰富的意象与象征。高楼林立的城市象征着现代社会的繁华与复杂，而诗人内心的战栗与忧郁则是对这种繁华背后的孤独与无助的深刻反映。飞奔的车流与滑过的弧线，象征着时间的流逝与人生的短暂，而斑马线对面的墙壁则象征着诗人面对现实时的无奈与绝望。此外，所有闪着敌意的眼睛与决定诗人一生的门槛，也寓意着现代城市中人与人之间的隔阂与冷漠，以及社会阶层与机遇的不平等。诗歌的语言简洁而富有力量，诗人运用了大量的短句与断句，使得全诗的节奏紧凑而有力。同时，诗人还巧妙地运用了对比与排比等修辞手法，如"高楼林立"与"我心颤而忧郁"、"飞奔的车流"与"杳无踪迹"等，增强了诗歌的表现力与感染力。在结构上，诗歌采用了逐层深入的方式，从城市的喧嚣到内心的忧郁，再到对现实的无奈与绝望，使得全诗的情感层次清晰而深刻。

《忧郁》不仅是一首反映个人情感的诗歌，更是一首能够引发广泛共鸣的作品。它揭示了现代城市人在快节奏、高压力的生活中所面临的内心困境与挣扎，以及对于自我价值、归属感与人生意义的追寻与迷茫。

《忧郁》的艺术特色主要体现在以下几个方面：一是情感真挚而深刻，诗人通过细腻的笔触将自己内心的忧郁与迷茫展现得淋漓尽致；二是意象丰富而生动，诗人巧妙地运用各种意象与象征手法，使得全诗充满了画面感与意境美；三是语言简洁而有力，诗人运用大量的短句与断句，使得全诗的节奏紧凑而富有感染力；四是结构清晰而深刻，诗人通过逐层深入的方式，使得全诗的情感层次清晰而深刻。

它以独特的视角和细腻的笔触，展现了诗人在高楼林立的城市中穿梭时的内心感受与情感体验。这首诗不仅具有艺术上的美感与感染力，更具有重要的社会意义与价值。

片片黄叶

文/宋家伟

片片黄叶

飘进水塘中

同时　飘过的

还有风

碧水托起黄叶

叶在风中抖动

叶是有意识的

叶在展示

一种表达此刻秋在解体

黄叶用色彩

构造扑朔迷离的初冬

诗写自然

——读宋家伟的诗《片片黄叶》

文/黎落（中国作家网 2021 年度十大文学之星）

或许，我们在生活中更愿意接受一种与"自我的生命体验"全然不同的元素。譬如在看《我的阿勒泰》时，我被张凤侠身上那种松弛感所折服，也对扮演者马伊琍产生好感。坐在野性与温纯并存的西部草原，天地、牧草、马群，万物恪守本源，无须附加生存以外的东西。若归咎于读诗、写诗，应该是"我心看万物皆自在"。博尔赫斯《隐喻》中的那句话"暗示比任何一句平铺直叙的话都还要来得有效力"，可归入此处。维特根斯坦的"语言即世界"，同样说明了词语代表的事物，由表层向内在推及时，词语作为体现物象或事象的最直观的单位，为事物本体自带诗性赋形。

这首诗给我的第一印象有两点：其一，描述非常松弛；其二，世上总能找到两个相互贯通、相互隐喻或暗示的物体，内部总有条通道能让它们彼此互照。当我们运用带有喻体的词语将不同的事物做巧妙的衔接和贯通时，我们就会获得一种崭新的体验。譬如，这里面的"树叶"和"风"，越过叙述那种琐碎的、事无巨细的描写，直接回到事物最初的模样。树叶稀松平常，风也是，风吹树叶，两个事物发生了交集，而诗意就在这种碰撞中产生。

人总会深陷一种不可言说的自我封闭中，观赏一片风吹落的黄叶时，会产生悲秋伤春的感情。诉诸语言时，就是"片片黄叶/飘进水塘中/同时　飘过的/还有风"这种接近白描的呈现方法，干净直接，看起来好像并无情感输出，但一个简单到极致的"飘"字，赋予了黄叶和风动态写真，使阅读充满雪白的体察，画面感极强，线条清晰。事实上，不管你写与不写，它们就在那里，是大自然本身的表达。

构建一首诗是艰难的事,能把这种艰难用松弛的语感和节奏刻画得更为难得。阅读中,我们常看到着力过猛或用词紧绷的压迫感。但这首诗不会,它重在用随性可亲的语言交代寻常的秩序。作者无虞是一个崇尚自然诗写的人。

如果说第一段的直白并不会引发更多的思索,它可能是作者随意一瞥之下,随口吟哦的一个片段。那么,第二段就运用了整体隐喻或通感。它加深了作者的思索与拓展,甚至爱欲或自我觉醒式的认知。"碧水托起黄叶/叶在风中抖动/叶是有意识的/叶在展示",为何抖动?因为叶的觉醒,已经从简单的听命变成有感知、有生命意识的更小的生命单位。事实上,这里的叶子和开始的叶子已经发生了位移,或者说替换,被赋予了自我的"人的意味"。是否可以这样说,整体性的隐喻中,一个人通过一片黄叶的动态图谱,缓慢靠近他自己的诗核?而现在,阅读使我们看清他,就像看清一种冷静的、客观的表达。但黄叶最终还是落下了，完成了对秋天的告别。当表达归于寂静时，最后"黄叶用色彩"，"构造扑朔迷离的初冬"。纵观全诗，非线性的、非单层次的、层层铺陈的语言系统内设置了不可见但可感知的另一条主线，即"人生如黄叶"。这里面有无意识的"飘"、有意识的"抖"和用心的"构造"。